ESIOM

Sèpra'd Egna'l de Qckool

MICHEL DUMOND

ISBN 9782981384003

DÉDICACE

Un merci spécial à Linda pour sa compréhension, à mes enfants Frédéric, Geneviève, Alexandre et Antoine pour leurs supports, à mes petits-enfants et à tous ceux qui vivent dans un présent dont le futur est déjà passé.

NOTES DE L'AUTEUR

Vous remarquerez que le mode temporel des verbes durant le roman se situe au présent. La notion du temps permet à l'homme de se situer dans l'espace. Pour l'univers, le temps n'existe pas. Veuillez pardonner au récit de se situer dans cet univers du moment présent.

Prologue

Imaginez, parmi cette équipe de chercheurs et d'aventuriers se rendant à cette tribu récemment découverte et n'ayant jamais eu de contacts avec la civilisation moderne, que c'est à l'anthropologue du groupe à qui revient la responsabilité d'expliquer la puissance de l'atome aux indigènes. Conscient de la complexité de la tâche, il commence son exposé, d'une grande simplicité, en racontant une histoire se situant au niveau de compréhension de son auditoire par l'utilisation de paraboles, allégories, allusions et symboles adaptés en un tout basé sur les traditions, us et coutumes de ces êtres dont les connaissances sont au niveau de la simple survie en forêt.

Débutant par l'arrivée du bigbang et la création de l'univers, il entreprend de raconter, dans des termes facilement assimilables, l'omniprésence de l'atome dans tout ce qui nous entoure allant de son immense pouvoir de création à la puissance destructrice qu'il représente. De l'amalgame de ces atomes invisibles à l'œil nu, la constitution de toutes choses est créée. D'une quantité infinie, ils s'unissent et se divisent pour créer la matière, la terre, le soleil, l'eau, l'air, le feu, la vie, l'univers entier et tout ce qui le compose.

Suite au récit, les indigènes sont abasourdis. Leur monde tel que conçu vient de disparaître à jamais. Certains veulent réagir à cette agression de leurs convictions avec violence tandis que d'autres se résignent devant la toute connaissance de ces Êtres supérieurs si drôlement vêtus et d'apparences si différentes. L'héritier du Sorcier, entrevoit le grand avantage qu'il peut tirer de l'enseignement reçu en créant une nouvelle religion. Il transmettra à son ami, le fils du Chef, son évaluation de la situation et de l'immense potentiel politique que représente le nouveau culte dans l'asservissement et le contrôle de toutes les tribus environnantes.

Tandis que l'anthropologue parle, certains confrères traduisent le récit par des pensées représentant les bienfaits de l'atome tandis que d'autres y voient les dangers que représentent la puissance incontrôlée de sa mauvaise manipulation. Le physicien nucléaire qui accompagne cette troupe d'explorateurs bien intentionnés visualise en son cerveau les tableaux d'équations scientifiques menant à la compréhension de la fission. Parmi l'auditoire se trouve peut-être un homme sage, qu'il soit sauvage ou civilisé, qui se fout des interprétations ou des équations que le conte représente, car en quoi cela pourra-t-il aider ces êtres dans la quête du bonheur quotidien.

Le récit qui suit dérive de données transmises par un vieil ermite de quatre vingt treize ans, qui se nomme Qckool, dont les informations proviennent en grande partie de tierces parties relatant un passé récent. Le fait que le concis reçu provient de l'année 2046 constitue un questionnement quand à la véracité de son contenu, mais que dire de cette portion relatant l'expérience vécue, plus de soixante dix ans après le décès de son auteur, par cette jeune Esiom issue d'une nouvelle espèce créée par l'homme…

Ce roman tente de rendre compréhensible le fouillis reçu dont certains de ses passages scientifiques, ésotériques et même historiques ont causé des doutes quant à ma capacité d'en soutirer une signification intelligible quelconque. Veuillez m'excuser de cette incapacité qui ne me situe, après tout, qu'au niveau de l'indigène moyen.

Préface

La propagation d'une variante virulente de la grippe espagnole en 2020 décime la population mondiale. Une succession de despotes et de clans profitent du chaos qui s'en suit pour tenter d'assouvir leur soif du pouvoir par le contrôle de territoires et de régions. L'emprise demeure éphémère car nombreux sont les prétendants qui se présentent sans cesse pour en subtiliser la main mise.

Heureusement pour le monde civilisé, des enclaves propagent les valeurs humanitaires et résistent au chaos. Le Centre de Génétique, devenu depuis une Cité universitaire, réussit à isoler le virus pour en développer le vaccin et en offrir la distribution mondiale six mois suite à l'éclosion de la pandémie.

Quelques années plus tard l'apparition d'une séquelle génétique transmise à la descendance de ceux ayant été mis en contact avec le virus devient apparente. L'effort de survie du monde civilisé se voit gangréner par ses enfants déficients dépourvus de la distinction du bien et du mal. Le Centre offrira, aux enclaves de survivants réparties dans le monde, la possibilité de profiter de sa banque de semences exemptes de tares afin de remédier à la situation. Mais que faire de ces millions d'enfants dotés de capacités cognitives se situant au niveau de l'homme de Neandertal et dont la bestialité ne fait que grandir avec l'âge?

Près de vingt cinq ans suite à l'éclosion de cette pandémie, Simon, jeune Élite de 21 ans récemment diplômé de la Cité universitaire, tombe par hasard sur un portable datant de la fin dc la deuxième décennie. Malgré le langage informatique désuet et les multiples systèmes de protection, il réussit finalement à avoir accès aux données. Le portable appartenait au Mécène ayant permis la création du Centre de Génétique et sa transformation en Cité universitaire. Son contenu comporte des troublantes informations nécessitant des réponses difficiles. Il n'a pas le temps de s'arrêter aux questionnements qui l'assaillent puisque un nombre sans cesse grandissant de campements d'Exclus, cette progéniture naturelle rejetée d'affectés, s'installe aux abords de la Cité. L'augmentation d'actes d'atrocités force les autorités d'agir pour remédier à la situation. Une intervention musclée est préparée afin de détruire les abris de fortune. L'objectif consiste à faire comprendre aux Exclus que dorénavant leur présence ne sera plus tolérée. Le départ de Simon pour son affectation à la Cité spatiale lui permettant de réaliser son rêve de toujours et de rejoindre son grand ami Jim est ainsi retardé.

À la base sous-marine située à près de six cent kilomètres de la Cité on se prépare activement à son déménagement. Sa situation actuelle sous dix mètres d'eau la rend vulnérable. Sa vocation principale de suivre un groupe modifié génétiquement d'orques tire à sa fin puisque les représentants de la nouvelle espèce approchent de l'âge adulte.

Pyrénées françaises, le 28 Septembre 2018

Survolant ce précieux paysage de monts et vallées, l'hélicoptère se prépare à amorcer la descente vers l'héliport. Le passager d'une soixantaine d'année ne peut s'empêcher de contempler la magnificence des lieux. Le site de la citadelle et l'agencement de ses aires entretenues avec soin se fondent dans la nature environnante et lui semblent sortis tout droit d'un tableau peint par un des grands maîtres. L'individu, pourtant habitué aux grandes réalisations humaines, n'en est pas à sa première visite dans des lieux d'une si grande beauté. Provenant d'une famille aristocrate européenne, pouvant retracer ses origines dans la nuit des temps, il fut choisi, contrairement à la croyance populaire, non par droit d'aînesse mais plutôt pour ses prédispositions naturelles et ses capacités mentales. Éduqués et formés pour faire face aux plus grandes responsabilités pouvant incomber à un être humain, ses confrères et lui sont responsables de l'avenir de l'humanité.

Le groupe des Douzes se doit de choisir l'avenue à prendre pour sauver la Terre du désastre imminent de l'extinction de l'Homme. Par le passé, le choix des guerres, révolutions, génocides, calamités ou crises économiques et même, à quelques occasions, de propagations voulues de maladies infectieuses, a réussi à maintenir la population mondiale au niveau de compréhension permettant l'avancement ou le recul de l'espèce selon les besoins du moment. Chaque décision représente un risque de dérapage, car il est de la nature humaine d'être par elle-même imprévisible. Hélas, cette gestion de ses complexités causées par une seule de leur décision s'est trop souvent montrée déficiente. Malgré les nombreuses erreurs du passé, le temps est venu de choisir une route à prendre pour le bien-être non seulement de la planète mais aussi, et ce pour une première fois, de l'existence même de l'Homme. La Pensée se doit de survivre afin de permettre à l'Univers d'exister.

Le réchauffement de la planète prendra plus d'un millénaire à se résorber et d'ici moins de dix ans, les changements climatiques et l'élévation de la masse aquatique causeront le déplacement de plus d'un milliard d'individus. Le manque d'eau potable et la famine grandissante dans ces régions et celles déjà surpeuplées d'Asie et d'Afrique ne généreront que guerres, génocides et révolutions. L'avancée des recherches génétiques aboutiront invariablement à d'éventuelles apparitions de nouvelle génération de virus ou bactéries néfastes à la vie. La prolifération d'armes de destruction massive, que l'on retrouve déjà parmi les groupes terroristes et certains pays émergeants, rapproche dangereusement l'humanité d'une probable extinction. Le contrôle éventuel de l'approvisionnement en eau au Tibet par la Chine, étant perçu par plusieurs comme une agression sur la population de l'Inde, ne peut que mener à une guerre mondiale. Que penser de l'extrémisme religieux qui prolifère et de cette surpopulation mondiale qui croît de manière exponentielle. Ces éléments réunis ne constituent que quelques unes des manifestations éventuelles dont les probabilités dépassent de loin le seuil de tolérance.

Lors de la dernière réunion, la décision fut prise à l'unanimité de réduire le nombre d'individus sur la planète de quatre vingt pourcent et ainsi permettre un nouveau départ à l'Homme. Les moyens pour y arriver seront soumis et adoptés lors de la rencontre d'aujourd'hui. Confortablement installés dans la salle de conférence, le poids engendré par les décisions à prendre est plus qu'apparent sur le visage de chacun. Entièrement sécurisée, la citadelle est à l'épreuve de toutes formes d'intrusions possibles.

Chacun des membres présents fut choisi par son prédécesseur pour ses capacités mentales émérites. Son élévation personnelle aux multiples niveaux de compréhensions fut suivie, sur une base régulière, par un comité de sélection. Le personnel à l'emploi des familles représentées obtient son poste suivant des critères alliant hérédité et qualités recherchées. Généralement, les domestiques et les collaborateurs proches représentent des générations de fidélité au service de chacune des familles. Leurs enfants sont pris en charge, suite aux consentements des parents, dès le jeune âge permettant d'assurer une instruction et une formation supérieure. L'éducation, à laquelle ils ont droit, est similaire à celle reçue par les enfants des Douzes. Parmi ces filiations on retrouve des hommes et femmes reconnus pour la réussite dans toutes sortes de domaines allant de l'informatique à la recherche, de l'économie à la politique…

Certains furent même choisis comme remplaçant auprès d'un lignage pendant que d'autres deviennent présidents de grandes multinationales, banques ou même pays. Quelques-uns ont obtenu des prix Nobel dans des domaines aussi variés que les sciences, la médecine, la paix, la diplomatie ou la littérature. Le système tentaculaire de relations établi depuis le début des temps, permet une mainmise sur les différentes et multiples facettes de l'ordre mondial. Ceux gravitant sur ces orbites concentriques plus ou moins éloignées qui tournent autour de chaque élu du Cercle des Douzes se croient des individus indépendants et maîtres de leurs propres destinées. La grande majorité des individus concernés sont inconscients de la pouvoir qu'ils représentent auprès des différentes couches sociales. Cela n'empêche en aucune manière cet immense réseau d'amitiés et de connaissances de constituer une puissance mondiale véritable dont le pouvoir provient de cette loyauté naturelle envers les proches.

Toute l'information est tenue dans le secret et est compartimentée tandis que l'usage de l'informatique est restreint à la recherche spécifique d'informations. L'unique rapport n'est constitué que d'une seule copie. La vue d'ensemble ne s'obtient que lorsque les Douzes se rencontrent. C'est en une Tétrade de Trinités que se divise le groupe des Douzes. Chaque Trinité fonctionne selon le principe d'une cellule qui est associée à l'une des quatre dimensions connues de l'univers. La quantité de femmes et d'hommes présents est conforme aux préoccupations sociales actuelles. Il en est de même pour les races et régions. Chaque Trinité est autonome et est constituée de trois Élus et c'est sans conviction aucune que, familièrement, chacun porte une désignation que l'on retrouve dans le dogme de la foi chrétienne soit celle du Père, du Fils et de l'Esprit. D'ailleurs, cette appellation des membres de la Trinité ne leur fut-elle pas empruntée par l'Église, au troisième siècle après Jésus-Christ, lors du Concile de Constantinople. Le plus âgé du groupe représente le Père cultivant la Sagesse et la Compréhension. Le plus jeune est le Fils constituant l'Action et la Témérité tandis que la Connaissance et la Conscience réfèrent à celui de l'Esprit.

Le processus d'intervention est désormais défini. Un virus constitué d'une variante de la grippe espagnole sera introduit parmi la population d'une région rurale côtière de la Chine de façon simultanée à des voyageurs se rendant en Inde le 14 juillet 2020. Le vaccin est déjà développé et deux cent mille doses seront disponibles pour chaque Élu trois mois avant la propagation. Les listes prioritaires de ceux qui bénéficieront de cette protection initiale incomberont à chaque Élu. L'inoculation devra se faire sous fausse représentation afin de protéger le secret de la propagation en devenir. Toutes les pistes éventuelles pouvant mener à quelques rumeurs que ce soient se devront d'être éliminées.

Encore inconnu des gouvernements et du personnel scientifique, le virus demeurera dormant pendant quatre semaines mais contagieux deux semaines avant l'apparition des symptômes. Le taux de décès anticipé est de quatre-vingt-quatre pourcent. On ne connait pas les effets qu'auront sur ce taux de réussite l'utilisation des banques de médicaments existants permettant de retarder la progression du virus dans l'organisme humain et ainsi lui permettre le temps requis pour se défendre. Le chercheur, responsable de cette découverte et de son vaccin, est décédé subitement dans des conditions nébuleuses il y a maintenant cinq semaines. Désormais, le virus et son vaccin sont sécurisés et sous le contrôle d'une Trinité.

Suite à son introduction parmi la population, on s'entend pour que la découverte du virus et le développement du vaccin efficace par les chercheurs surviennent quelques trois mois après son apparition. C'est un laboratoire de recherches pharmacologiques affiliée à une Trinité qui en fera l'annonce. Sa fabrication et inoculation parmi la population encore vivante prendra un six mois de plus. L'objectif recherché sera atteint. Chaque Trinité a désormais près de deux années pour préparer les rouages de transition qui permettront à l'humanité d'affronter les défis de ce millénaire ne dépassant pas encore les vingt ans. Les préparatifs de transition impliqueront toutes les ressources dont ils disposent. Il faudra penser à tout et prévoir les multiples scénarios.

L'élimination définitive des dangers que peuvent représenter des individus se devra d'être supervisée avec minutie alors que l'élaboration d'une nouvelle base régissant l'économie mondiale sera préparée à temps. Les systèmes de communication grâce à ce nouveau réseau de satellites permettant un demi-siècle d'autonomie sans entretien, sont déjà en place. Les dispositions menant à un nouvel ordre social et économique seront mises de l'avant. La suppression des armes de destructions massives sera accélérée et conclue. L'annihilation de l'arsenal militaire et sa fabrication fera partie des actions prioritaires.

Désormais, les tâches de chacune des Trinités sont définies et l'élaboration des responsabilités et des rôles incombant à chacun se retrouve entre leurs mains. La réunion se termine alors que la fin de semaine de travail intense se conclue avec le départ d'individus dont la démarche pesante et le regard hagard traduisent la gravité, la complexité et les implications de chacune des prochaines actions à entreprendre. Lors de son retour à bord de l'appareil, le pilote de l'hélicoptère a comme l'impression que son passager important, M. Sébastian Coles, revient de sa fin de semaine vieilli d'une décennie.

Ce premier siècle de la nouvelle ère sera connu comme celui de la grande noirceur par les historiens. Une génération sera requise avant d'atteindre un équilibre entre le bien et le mal. Une deuxième génération permettra que le niveau de connaissances se rétablisse quelque peu. La troisième connaitra un début de compréhension de la situation et le siècle se terminera avec un niveau de population similaire à celui retrouvé suite aux effets du virus. La Lumière apparaitra enfin sous toute sa splendeur à l'arrivée du prochain siècle. L'Homme sera enfin prêt pour affronter un nouveau chapitre de son histoire. La Pensée survivra. Un acte de foi imprégné de doutes.

Cité universitaire, le 23 septembre 2046

Plus d'un quart de siècle a passé suite à la régression de la pandémie des années vingt. C'est par hasard que l'Elite de vingt et un ans tombe sur des données qui changeront à jamais l'histoire récente. Son père adoptif, amateur de vieilleries, rapporte un vieux portable datant de la deuxième décennie. Faisant fi de l'interdiction de sa conjointe, il s'apprête à ranger en catimini son trésor dans l'espace d'entreposage exigu alloué à chaque famille, déjà rempli à pleine capacité, lorsque sa conjointe intervient pour l'en empêcher.

- Que nous as-tu ramené encore? S'insurge-t-elle.

- Ce n'est qu'un de ces petits portables avec lesquels on s'est tellement amusé durant notre jeunesse. Je pensais pouvoir y retrouver toutes ces multiples applications et jeux qui ont tellement fait notre bonheur durant notre jeunesse, répond le père dépité de s'être fait surprendre par sa femme.

- Il n'en est pas question, réplique la mère sur un ton sec ne laissant place à aucune équivoque.

C'est en sortant de la salle de bain que Simon surprend ce début d'argumentations qu'elle finira comme toujours par gagner. Il décide d'intervenir afin de ne pas avoir à subir l'habituelle ritournelle.

- Maman, oublie ça et toi papa laisse-moi regarder s'il y a moyen de faire marcher cette antiquité, s'interpose le fils.

- Je veux bien te laisser faire Simon mais pour aucune considération je ne te permets de laisser ton père encombrer ma salle de rangement. Après tout, il y a des limites à encourager sa manie, l'avertit-elle.

- Il n'y a pas de problème maman, la rassure-il tout en prenant l'ordinateur des mains de son paternel en lui disant, de toute façon, il est très possible qu'il ne soit plus en état de fonctionner et qu'il ne soit bon que pour la casse.

Résigné face à l'opposition familiale, son père le suit jusque dans sa chambre dans l'espoir de retrouver un peu de sa jeunesse perdue. Ne laissant pas le temps au jeune de s'asseoir à son pupitre de travail, il ouvre l'écran du portable et actionne l'interrupteur de mise en marche pour lui démontrer sa maîtrise du fonctionnement de l'appareil. Devant le refus de l'ordinateur de s'allumer, il cède et dépité le laisse à son fils afin qu'il puisse remédier à la situation.

C'est sans surprise que le jeune homme se rend compte que la batterie au lithium est en condition non-opérationnelle. Quelques minutes suffisent pour trafiquer la prise du portable et lui permettre de recevoir le courant requis à son opération. Cette période de temps est plus que suffisante pour que son père se désintéresse de sa trouvaille et retourne vaquer à ses occupations coutumières. Se retrouvant seul, Simon est surpris du bon fonctionnement de l'appareil.

Une semaine passe avant qu'il ne parvienne enfin à déjouer les différents systèmes de protection des données. L'opération ne lui aurait pris que quelques heures avec un ordinateur contemporain car le langage et les programmes informatiques désuets utilisés lui ont infligé plus d'un contretemps. Enfin, il découvre qu'un certain Sébastien Coles en était l'ancien propriétaire. Le nom lui semblant familier, il décide de vérifier si l'identité de cet individu est répertoriée dans les données de la Cité. Étonné, il apprend qu'il était le principal bailleur de fonds ayant participé à l'implantation de l'Institut de Génétique au début du millénaire et qu'il en a transformé la vocation en Cité universitaire vers la fin de la deuxième décennie. Conséquemment, ce serait donc grâce à lui que l'un des derniers bastions du savoir existe aujourd'hui.

L'importance de la découverte de son père devient tout à coup évidente. Le jeune Simon vient d'avoir accès aux données privées du mécène responsable de son existence et du monde qu'il connait. Devrait-il en informer le fondateur de la Cité, le Professeur Christian Gomez, maintenant octogénaire et Recteur de la Cité universitaire? Ils se sont certainement connus et même fréquentés à une époque pas si lointaine. Après mûres réflexions, il décide d'en décrypter les dernières informations lui ayant résisté avant de lui apporter les données.

Tout a commencé par la création de l'Institut de Génétique Appliquée au début du siècle. Cela ne s'est pas fait sans soulever une certaine polémique auprès de la gente scientifique et politique de l'époque. Le rêve consistant à conserver des chromosomes et ovaires permettant de remplir une banque de stocks génétiques des plus variés se réalise enfin. Bientôt l'emphase est portée vers l'obtention de semences présélectionnées dont la constitution génétique est exempte de toutes tares répertoriées. Le pas permettant la sélection axée sur une prépondérance au développement intellectuel est vite franchi. Cependant, jamais le Centre n'autorise l'utilisation de modifications génétiques telle que prescrites par la législation. L'expansion du Centre est foudroyante. Les entrées de fonds provenant de partout ont transformé, en moins d'une décennie, le Centre en cette Cité universitaire multidisciplinaire abritant près d'une centaine de milliers d'individus. C'est par l'octroi d'espaces d'entreposage pour les gênes des grands de ce monde et la subséquente vente de semences de haute qualité qui se révèlent être responsables d'un tel succès financier.

La décision des architectes de munir la Cité de dômes de biocarbone et d'un générateur nucléaire de troisième génération, qui permet ainsi d'offrir une autosuffisance complète, une protection éprouvée, et une prospérité dont jouit encore sa population. Il ne faut pas oublier la réaction rapide des autorités au confinement de sa population lors de l'avènement de la grande épidémie du début du siècle comme élément principal permettant à la Cité de traverser, avec succès, cette période primordiale pour la survie du monde civilisé. Dès le début de l'infection, la non-contamination de l'enclave devient un facteur non négligeable de l'actuelle préservation et même évolution du savoir. Les quelques cas d'infection qui se présentent à l'intérieur des murs de la Cité sont rapidement circonscrits. Ce n'est pas la situation en prévalence dans la population en général.

L'apparition du virus à la fin de la deuxième décennie et sa prolifération à la grandeur de la planète prennent par surprise les autorités médicales. Rapidement, les tentatives d'en freiner l'ampleur s'avèrent vaines et les autorités se retrouvent dépassées par les évènements. Le chaos qui s'en suit est inimaginable. Dans les pays mieux nantis, les banques du gouvernement de médicaments puissants sont d'une efficacité douteuse et ne servent qu'à ralentir l'effondrement de la société moderne. La barbarie s'installe à la grandeur de la planète. En moins de deux semaines, le chaos devient généralisé. Protégée par ses dômes et une force d'intervention rapidement mise sur pied afin d'en assurer la sécurité, la Cité universitaire participe à l'effort concerté des quelques Centres de recherches encore opérationnels éparpillés dans le monde afin d'isoler le virus avant de réussir à en développer le vaccin. La diffusion du vaccin parmi la population encore vivante cinq mois après l'apparition du virus doit composer avec une situation imprévisible. Le rapide dépeuplement des villes, les systèmes déficients de communications et l'absence totale d'infrastructures, d'autorités gouvernementales et de services sociaux en compliquent grandement la distribution auprès des survivants. L'isolement des groupuscules de non-contaminés, que l'on se doit d'atteindre dans un monde de violences et de désordres indescriptibles, ne facilite pas la tâche des volontaires. Malgré les efforts d'organismes bénévoles pour permettre que le vaccin rejoigne un maximum de non-contaminés, c'est le manque de survivants qui est responsable de l'essoufflement de la propagation du virus.

Que ce soit pour les infectés qui combattent naturellement les affres de la contagion ou pour les inoculés, les modifications néfastes que subit un gène suite à la présence du virus dans le corps humains, ne sont découvertes que beaucoup plus tard. La fonction cérébrale limitant l'emprise de l'instinct primal sur la conscience se retrouve grandement diminuée chez les nouveau-nés des survivants. On constate cette déficience profonde affectant toute une nouvelle génération que quelques années plus tard. Depuis, les recherches pour en corriger l'anomalie se sont avérées vaines. La renaissance de l'humanité dans sa tentative de survivance est confrontée à une nouvelle génération en forte croissance de jeunes enfants déséquilibrés vivant dans un contexte d'une violence inouïe. Parmi les survivants du fléau, ce sont les plus agressifs et brutaux qui cherchent à s'accaparer du pouvoir. On se retrouve donc avec une succession de despotes locaux s'entretuant tandis que des îlots de civilisation se battent pour rétablir un début de société. Ils se retrouvent gangrénés de l'intérieur par cette bestialité grandissante avec l'âge provenant de leur propre descendance.

Les solutions à cette problématique nouvelle sont confrontées aux mœurs, coutumes et valeurs des parents. Certaines sociétés optent pour l'élimination pure et simple de ce fléau causant des schismes profonds parmi sa population tandis que d'autres se contentent de l'expulsion pure et simple des perturbés de la communauté. Encore là, plusieurs refusent de laisser partir leurs enfants en pleine nature avant même que l'âge de raison ne soit atteint. L'acceptation éventuelle par le monde civilisé du danger que représente pour la survie même de l'humanité l'existence de cette nouvelle race de perturbés prend une dizaine d'années. La société se retrouve éventuellement avec des millions de jeunes enfants délaissés et éparpillés dans le monde dotés de simples capacités primales de survie dénuées de toute capacité de discernement entre le bien et le mal et dont chaque action ne fait que répondre à la nécessité, cette mère de tous les besoins.

La Cité universitaire profite heureusement de sa banque de spermes et d'ovaires et offre à sa population, de même qu'aux survivants des quelques enclaves encore civilisés, la fécondation in-vitro. Désormais les enfants ainsi nés représentent une lueur d'espoir pour l'humanité et ceux qui atteignent la puberté regarnissent la banque de leurs semences naturellement saines. Âgé de vingt et un ans, Simon fait partie de la quatrième classe de graduation de cette progéniture d'inséminés.

Personne ne se doute du danger réel que les perturbés peuvent éventuellement représenter pour la survie de la Cité. Comment prendre au sérieux un attroupement de jeunes déficients munis de simples bâtons et d'armes primitives de toutes sortes. Tout débute par la présence de petits campements de quelques individus se situant à l'extérieur des banlieues qui, graduellement, prennent de l'ampleur pour finalement accaparer le périmètre autour d'une zone d'exclusion établie par les autorités de la Cité. Des altercations de plus en plus fréquentes avec des banlieusards suivies par une escalade rapide des atrocités commises par des meutes d'Exclus, nom dorénavant utilisé par les citadins pour les définir, sont de plus en plus rapportées.

Tout à coup, le fait que les Exclus peuvent profiter d'armes modernes modifie la perception des autorités quant à la gravité de la menace qu'ils représentent. Une intervention militaire est décidée afin d'éliminer le danger que constitue dorénavant cette omniprésence de campements d'Exclus se rapprochant sans cesse des limites de la Cité. Ayant gradués il y a à peine un mois, les élèves de la classe de surdoués de Simon sont choisis afin de parfaire leur apprentissage du combat. Un seul Élite est mandaté par unité de défense. Après tout, ils représentent la seule vrai chance de survie pour le monde civilisé.

Heureusement, la majorité des banlieusards obtempère au mot d'ordre de se placer sous la protection des murs de la Cité. Cette collaboration volontaire permet aux forces d'intervention une plus grande liberté d'action n'ayant à s'inquiéter que d'une minorité de civils rébarbatifs à quitter leur demeure. L'érection de barricades temporaires par les forces de défense contrôlant les principales voies d'accès qui traversent les banlieues permet de gérer le va et vient. La magnifique température des derniers jours et l'absence significative d'Exclus servent de présages heureux à un dénouement rapide et à une correction définitive de la désagréable situation. Le but de l'exercice consistera en une rapide incursion de destruction des campements des assiégeants pour leurs transmettre un message clair qu'une telle présence aux abords de la Cité n'est dorénavant plus tolérée.

C'est comme représentant de sa classe d'Élites que Simon assiste à la présentation, par les autorités militaires, du mode opératoire de l'intervention prévue pour demain quatorze heure. Divisée en trois brigades de plus de huit mille hommes et considérant comme peu probable une attaque concertée des Exclus contre la Cité, la première brigade est principalement composée par plus de la moitié des Élites de sa classe et des forces de réserve possédant une moins bonne aptitude aux combats. La responsabilité qui lui est attribuée consiste à défendre le périmètre extérieur de la Cité incluant ses cinq banlieues et son aéroport. Une partie des forces de cette brigade de réserve constituée par un régiment de douze cent hommes assurera ainsi la défense de chacune des deux banlieues principales situées à l'ouest et l'est de la Cité. Quand à elles, les trois autres banlieues secondaires bénéficieront chacune de la protection d'un bataillon de six cent unités alors que les deux derniers régiments assumeront la sécurité des installations aéroportuaires.

Les deux autres brigades de près de huit mille combattants se partageront donc l'invasion en prenant soit la direction nord ou sud dans le but d'atteindre rapidement les campements ennemis. Une fois l'objectif atteint, chaque brigade se scindera pour prendre la direction est ou ouest pour éventuellement établir la jonction avec ceux de l'autre brigade. Cette manœuvre conjointe permettra la destruction du maximum de campements. Dans l'éventualité d'une opposition des Exclus, ces derniers feront malheureusement partie des dommages collatéraux.

L'opération militaire tourne au cauchemar pour Simon, ses confrères de classe et les forces opérationnelles. Malgré une profonde connaissance de l'histoire humaine, dont les guerres incessantes ont façonné le parcours, et l'étude poussée des stratégies utilisées, rien ne l'a vraiment préparé à la férocité dont fera preuve ces Exclus récemment apparus aux portes de la Cité. Sa parfaite maîtrise des arts de combat, sa formation d'Elite récemment complétée et les multiples visionnements de vidéos d'atrocités et d'horreurs filmés lors de conflits antérieurs ne lui seront d'ailleurs que peu utiles.

Durant la nuit, une centaine de milliers d'Exclus prennent position dans les boisés et dans les champs de maïs adjacents à la Cité. Leurs présences ainsi camouflées, ils attendent que les deux brigades soient rendues à leurs objectifs au nord et au sud avant de pénétrer les banlieues par les voies secondaires. L'attaque massive des Exclus, prenant ainsi de surprise les forces de défense, met à feu et à sang tout ce qui se trouve sur leurs trajectoires. Simultanément à cette pénétration des banlieues, c'est une marée d'Exclus qui déferle sur les deux pauvres régiments principalement composés de volontaires inexpérimentés défendant de leur mieux l'aéroport.

Afin de porter assistance aux troupes défendant les banlieues et l'aéroport, l'ordre général est transmis aux brigades, alors en phase de déploiement, de rebrousser chemin. L'objectif du régiment, dont fait partie la compagnie de Simon, consiste à secourir sans tarder l'une des banlieues secondaires. Tous sont envahis par cette urgence d'agir tandis que défile, sans qu'ils ne s'en aperçoivent vraiment, la quiétude de ce milieu d'après-midi automnal.

Malheureusement, l'heure que prend la manœuvre de repli se révèle presque fatale pour les forces de défense de la petite commune. De loin, les unités de secours aperçoivent ce petit havre de paix, habillé principalement par de coquettes maisons et de magnifiques parterres minutieusement aménagés, totalement embrasé par les flammes. Pour plusieurs, le plus inquiétant provient des échos de combats faisant rage au loin tandis qu'en direction de l'objectif, qu'ils ont comme mission d'atteindre, le crépitement des feux leurs semble être silencieux. C'est cette apparence de fausse sérénité qui perturbe. Le son singulier d'une sirène de guerre, émis sans doute par l'un de ces mécanismes anciens à manivelle, se fait entendre. Le mouvement subit des flammes paraissant répondre à l'appel s'avère n'être constitué que par cette nuée de fourmis sortant de partout et nulle part en même temps prenant graduellement l'apparence d'un long organisme vermiforme se dirigeant vers la prochaine banlieue.

La véritable première agression que subit son régiment provient de l'odeur de chairs brulées subjuguant toutes autres sensations. Heureusement pour son bataillon, l'ordre lui est donné de pourchasser la horde de sauvages tandis que c'est au second bataillon du régiment à qui revient la tâche ingrate de porter secours aux survivants tout en assurant la défense du secteur et l'élimination définitive des quelques fanatiques demeurés sur les lieux. Longeant le périmètre extérieur de la petite communauté en combustion, il est impossible de ne pas apercevoir ce tapis composé principalement de corps d'Exclus recouvrant les rues qu'ils croisent. Pour certains, c'est l'entrelacement des dépouilles qui agresse la vision, pour d'autres, c'est la nature des blessures mortelles. Mais pour plusieurs, l'assaut mental provient de la position inhabituelle des cadavres à moitié sortis des fenêtres, retenus par une balustrade ou maintenus suspendus dans le vide, par on ne sait quel miracle, tout en étant ballotés par la légère brise. Malgré cette vision horrifique, c'est l'odeur qui persiste dans les souvenirs pendant que la compagnie de Simon s'empresse de rejoindre les responsables de l'abjection perpétrée. Pour ceux demeurant sur place, le rappel des lamentations, souffrances, pleurs et cris de détresse des survivants les poursuivra jusque dans leurs cauchemars.

Simon réalise l'ampleur que prend son désir de vengeance qui consiste à faire subir les pires atrocités aux forces ennemies. De concert avec chaque individu de sa troupe, la constatation d'une diminution graduelle et constante de la distance les séparant de l'objectif recherché les encourage à continuer d'accélérer le pas. Bientôt, un second son de sirène se fait entendre tandis que l'ennemi, beaucoup plus nombreux, réalise être sur le point de se faire rattraper et se regroupe pour attaquer les poursuivants. Se trouvant en terrains découverts, le nombre supérieur des Exclus et leur profond besoin de sang ne seront d'aucune utilité quant à l'issue du combat à venir.

Disciplinés, les témoins des récentes atrocités profitent du moindre talus, dénivellation, tertre ou autres éléments naturels pouvant offrir une protection et prendre position dans l'attente de la ruade ennemie qui ne tardera pas. Le mot d'ordre est passé aux sergents d'attendre le signal avant de faire feu. Les combats durent moins de dix minutes et plus de trois mille Exclus sont fauchés sans que la moindre perte de vie ne survienne parmi les forces civilisées. Aucune humanité n'est démontrée envers les quelques Exclus blessés ayant survécu au massacre. En moins d'une demi-heure, le bataillon reprend la direction d'une des deux banlieues principales encore en difficulté malgré l'intervention des quatre autres régiments de sa brigade. Les combats acharnés, s'y déroulant, durent maintenant depuis près de trois heures.

Suite à cette victoire facilement obtenue, l'euphorie ressentie par les troupes dont Simon fait partie est de courte durée. L'après-midi tire à sa fin, lorsque le bataillon pénètre dans la banlieue dévastée en utilisant le même itinéraire que celui emprunté par l'envahisseur en début d'après-midi. Les sens de chacun sont à nouveau agressés tandis que la réalité de ce en quoi consiste une véritable descente en enfer les frappe de plein fouet. L'expérience vécue par chacun est inexprimable. La bestialité dont est capable l'être humain peut s'avérer inexplicable mais n'est rien en comparaison avec celle dont fait preuve les Exclus.

La nuit approchant, les autorités prennent la décision de cesser toutes tentatives de reprendre le contrôle des banlieues principales dévastées. Désormais, l'objectif est de concentrer les forces aux abords de la Cité afin d'ériger un périmètre rapproché de sécurité. Tandis que le doute se trouve solidement ancré parmi la population. C'est par l'astuce et le surnombre que les insurgés ont réussi à contrer les défenses rapidement érigées servant à protéger les banlieues et l'aéroport entourant la Cité et ce n'était qu'une cause perdue pour eux. Les plus chanceux parmi les troupes de défense initiales parviennent à rejoindre la protection des parois de la Cité. Pour les autres pris en souricière, heureux sont ceux connaissant une mort rapide. Le mot d'ordre de ne pas se laisser prendre vivant se propage vite parmi les forces de défense de la Cité. Les témoins des horreurs infligées à leurs malheureux camarades blessés et capturés par les Exclus subissent un profond traumatisme. Les cris et pleurs des torturés et l'incapacité d'intervenir hanteront à jamais la mémoire de leurs frères d'armes. Par chance, la majorité des banlieusards a obtempéré au mot d'ordre de se placer sous la protection des murs de la Cité.

Simon fait partie des survivants ayant combattu les forces des Exclus. Six de ses amis de toujours, parmi les vingt quatre de sa classe, ne reviendront jamais. Très peu de combattants des forces de réserve ont réussi à échapper au carnage. L'implication, en fin d'après-midi, du bataillon de Simon dans la guérilla en zone urbaine n'a pas permis à son unité d'échapper à de lourdes pertes. La compagnie de cent quarante hommes du jeune capitaine a vu une section complète de trente hommes se faire prendre en embuscade et Simon a été témoin de la mort de dix-huit autres de ses soldats lors de l'échec de la tentative pour les secourir. Ce résultat, en plus des vingt-cinq blessés, n'est rien en comparaison des pertes subies par les autres compagnies de sa brigade ayant porté secours, dès le début des hostilités, à la banlieue principale.

La prochaine heure s'annonce longue et pénible pour le jeune capitaine. Tandis que des nouvelles unités prennent position, Simon réunit les survivants pour leur rappeler l'importance de garder pour soi certaines des infamies dont ils ont été témoin et celles qu'ils ont pu faire. Il ne faut pas amplifier les inquiétudes des citadins inutilement. Déléguant la responsabilité du changement de quart à ses lieutenants, c'est à lui qu'incombe l'ingrate tâche d'annoncer la mauvaise nouvelle aux proches des disparus. Cela se doit d'être fait avant même que sa compagnie ne passe les portes de la Cité, car il sait fort bien que des rumeurs de toutes sortes sont déjà en train de s'y répandre. C'est imprégné de remords qu'il compose un bref communiqué divisé en deux parties s'appliquant soit à ceux ayant péri dans l'embuscade ou à ceux ayant tenté de les secourir. Installant le vidéophone de campagne sur son trépied, il commence par rejoindre l'épouse de son Lieutenant qui fut pris en embuscade. Apercevant à son écran le supérieur immédiat de son conjoint, le regard de l'épouse s'assombrit tandis qu'elle place instinctivement la main devant sa bouche en constatant le piètre état physique de Simon qui débute sans plus tarder son communiqué.

- Madame, j'ai le regret de vous annoncer la mort de votre conjoint. Je peux vous assurer que tout a été fait pour tenter de sauver sa section qui est tombée dans une embuscade. Plusieurs sont décédés des suites de l'action désespérée entreprise pour lui porter assistance. Malheureusement, il nous a été impossible de récupérer son corps. Je peux vous assurer qu'il est mort en héro pour défendre notre Cité. Je tenais personnellement à vous informer de la mauvaise nouvelle. Soyez assurée de mon entière disponibilité dans les prochains jours afin de répondre, au meilleur de mes capacités, à toutes vos questions quand aux tristes circonstances ayant mené à ce tragique dénouement.

Il continue sa difficile tâche pour les proches immédiats des trois sergents et des vingt-six soldats dont les corps n'ont pu être récupérés. Il se fait un devoir de chasser de son esprit le terrible souvenir de l'incident tandis qu'il émet son communiqué. Il entreprend la seconde partie de ses appels par la future épouse de l'un des deux sergents décédés durant l'opération tentant de secourir leurs camarades. Il devra attendre à plus tard pour communiquer la triste nouvelle au frère du second sergent décédé puisqu'il demeure hors de la Cité. Il finit par rejoindre un à un les proches de ceux dont les corps ont été récupérés. L'épreuve terminée, Simon peut enfin reprendre ses esprits.

Il prend conscience du magnifique coucher de soleil qui pointe à l'horizon tandis que l'ampleur des conséquences du désastre de la journée cherche à s'immiscer en lui. Il chasse de son esprit cette tentative d'incursion perturbatrice et se dirige vers la Cité. Accompagnant sa compagnie, qui peut enfin bénéficier d'un répit bien mérité, il en profite pour faire le tour des survivants et donner à chacun une preuve d'appréciation. Que ce soit par un mot d'encouragement, une écoute attentive accompagnée par un bref moment de conversation individuelle ou un simple geste exprimant sa sollicitude, tous sont rencontrés par le jeune Élite.

Arrivé dans la Cité, Simon réalise qu'il est mieux d'oublier pour quelque temps son affectation imminente à la base spatiale. Les autorités lui demanderont, sans doute, de réserver toutes ses connaissances et aptitudes à l'amélioration des défenses de la Cité. Une journée à la fois, se dit-il tandis qu'il se rend chez ses parents. Soudainement, il réalise ne pas avoir pensé à son père qui faisait partie des forces de réserve impliquées dans la défense de l'aéroport. L'inquiétude le gagne tandis qu'il presse le pas en direction de l'appartement familial. Selon les derniers rapports, des pertes élevées y ont été rapportées et les installations sont désormais sous le contrôle des forces ennemies.

Il entre chez lui et le soulagement de sa mère l'apercevant est plus que perceptible tandis qu'elle lui saute dans les bras pour l'embrasser.

- Chéri, je suis tellement soulagée. J'ai eu tellement peur pour toi, tu ne peux pas t'imager, sanglote-t-elle.

- Et papa?

- Il est à l'hôpital improvisé dans le gymnase. Il m'a appelée pour m'informer qu'il n'avait que quelques blessures légères et que je ne devais pas m'en faire.

- Merci mon Dieu.

- Mais, Simon, cela fait prêt de deux heures qu'il m'a appelée. Comment se fait-il qu'il ne soit pas encore de retour? Ces médecins sont toujours pareils et ne sont bons que pour faire poireauter le monde.

- Maman, ils font leur possible et papa t'a dit que ses blessures ne sont pas sérieuses. Arrête de t'en faire veux-tu. Tu ne sais que trop bien la gravité de la situation qui les oblige à soigner les cas les plus urgents. Tout le personnel disponible, incluant les étudiants se spécialisant en soins médicaux et les bénévoles, fait du mieux qu'il peut. Sois-en assurée.

- Oui, tu as raison. Mais tu sais, j'étais tellement anxieuse, lui dit-elle tandis qu'elle relâche son étreinte lui permettant ainsi de mieux examiner son fils. Remarquant son piètre état, elle lui donne une petite tape sur l'épaule.

- Ne restes pas comme ça, vas prendre ta douche, lui dit-elle en se retournant pour se diriger vers sa cuisine comme si de rien n'était.

Simon ressent une profonde léthargie l'envahir tandis qu'il prend la direction de sa chambre. Traversant le salon, il aperçoit son frère Patrick en train de jouer à son jeu interactif favori. En constatant l'arrivée de son ainé, il met le jeu sur pause et lève des yeux réfléchissant l'innocence.

- Puis Sim, comment tu vas? Certainement super, racontes-moi?

- Écoute Pat, la seule chose que je peux te dire, c'est que j'espère juste que tu n'auras jamais à vivre un tel gâchis, lui répond Simon tout en reprenant la direction de sa chambre.

- Je suis tellement jaloux de la chance que tu as eu, donne-moi des détails, je suis capable d'en prendre. Combien de ces déficients as-tu tués? Bien que se rendant compte de l'indifférence de son ainé, il ne peut se soustraire à son désir de pouvoir, bientôt espère-t-il, combattre à son tour l'ennemi.

Fermant la porte derrière lui, Simon s'asseoit sur son lit. Les quelques minutes de réflexion qui s'en suivent sont suffisantes pour lui permettre de réaliser qu'il se doit de reprendre ses esprits. Se levant, il décide qu'un bon bain bouillant servira à laver les séquelles mentales et physiques que la journée lui a laissées. Il se déshabille, enfile sa robe de chambre et se rend, sans ne plus tarder, effacer les préoccupations qui l'assaillent. Désormais rafraîchi, il s'enquiert de la journée de ses deux petites sœurs et se retrouve, bien malgré lui, en train de se laisser abuser par leurs jeux de rôles enfantins. Lorsque son père arrive enfin de l'infirmerie, elles le laissent soudainement pantois et accourent pour sauter au cou du paternel dont le bras gauche en écharpe témoigne de la bravoure. Simon aperçoit la drôle de veste que son père tient dans sa main droite qu'il se prépare à ranger lorsque sa mère se précipite pour l'en empêcher.

- Mais que nous as-tu encore rapporté? lui demande-t-elle en se plaçant à ses cotés, les bras croisés sur la poitrine, en signe de détermination.

Simon est témoin du regard que son père lance à sa mère qui en capte la soudaine intensité. Son attitude change comme si de rien n'était.

- Tu n'es pas trop blessé j'espère? S'inquiète-elle tout en l'enlaçant soudainement.

- Fais-toi en pas chérie, ce n'est qu'une écorchure superficielle, lui répond-il en rangeant la veste.

- Bon, dans ce cas, prends une bonne douche parce que le souper sera prêt dans vingt minutes.

Prenant chacune une main de Simon, ses sœurs l'attirent de nouveau dans leur chambre. Se prêtant de nouveau à leurs jeux, il s'installe à nouveau sur le plancher en appréciant le moment présent jusqu'à ce que les jeunes filles décident de sortir la trousse de maquillage empruntée à leur mère. Heureusement pour lui, la maman annonce que le repas est servi. La famille prend rapidement place autour de la table et Patrick dirige la conversation, sans grande subtilité d'ailleurs, sur les évènements de la journée. Son père se laisse facilement prendre au piège tendu.

- Laisse-moi te dire Patrick que cela n'a pas été facile. Ils sont apparus de nulle part et c'est par milliers qu'ils ont été abattus. Tellement, qu'on a manqué de munitions. C'est à ce moment là que ça s'est corsé.

- En as-tu tué beaucoup?

- Au moins une centaine, lui répond son père.

- Et toi Simon? Demande à nouveau Patrick.

- Écoute Patrick, ce n'est pas le moment ni la place avec nos jeunes sœurs et maman présentes de parler du drame qui s'est passé aujourd'hui. J'ai même demandé aux survivants de ma compagnie de garder pour eux les évènements malheureux de la journée afin de ne pas apeurer inutilement la population. Montrons un minimum de respect envers les milliers de nos compatriotes qui sont morts ou qui ont été gravement blessés. Si tu veux avoir une meilleure idée de ce que représentent les combats, tu devrais, après le souper te rendre aux gymnases offrir ton aide pour soigner les blessés. Je suis certain qu'ils ont besoin de tout le support que tu pourrais bien leurs apporter et cela devrait te permettre de calmer tes ardeurs guerrières.

Leur mère profite de l'occasion pour changer de sujet de conversation et rendre plus convivial l'atmosphère autour de la table. Le repas prenant fin, Simon s'isole dans sa chambre pour communiquer avec le grand frère du sergent décédé qu'il n'a pu rejoindre à la fin des combats. Il informe un certain Donald de la malheureuse nouvelle en délaissant la formulation préalablement utilisée. Il réalise que son sergent avait informé son frère qu'une intervention contre les installations des Exclus était planifiée par les autorités de la Cité. Ne pouvant offrir à Donald la possibilité de le rencontrer, Simon déroge de sa ligne de conduite en acceptant de lui offrir de plus amples éclaircissements s'il en ressent le besoin.

- Nous sommes déjà au courant du triste dénouement de la journée et j'aimerais vous remercier d'avoir pris le temps de me contacter, l'informe Donald. Je peux facilement m'imaginer la tâche ingrate qui vous incombe et je ne voudrais pas abuser de votre temps. Vous savez, nous étions les seuls membres de notre famille à avoir survécu à la pandémie et malgré les six cent kilomètres nous séparant, nous étions demeurés très près l'un de l'autre. Pouvez-vous me dire s'il a souffert indument? Lui demande-t-il.

Démontrant ainsi avoir déjà pris connaissance des premières communications rapportant certaines des atrocités perpétuées par les Exclus et face à ce pragmatisme démontré par le proche de son sergent, Simon se sent obligé de lui dire la vérité.

- Son groupe faisait partie des sections tentant de secourir des camarades que nous n'avons finalement pas réussi à sortir des griffes de l'ennemi. Je peux vous assurer du profond traumatisme que chaque membre de notre compagnie a subi suite à notre incapacité de les secourir. Votre frère fait partie de ceux qui n'ont pas eu à subir les affres des Exclus puisqu'il est décédé instantanément d'un tir reçu à la tête. Contrairement à ceux pris en embuscade, nous avons rapatrié son corps.

- Merci de votre franchise qui me permettra de mieux dormir.

- Dans l'éventualité qu'un besoin d'en rediscuter se ferait sentir, ne vous gênez surtout pas pour me contacter, le rassure Simon

- Ce ne sera plus nécessaire, j'ai appris depuis longtemps à accepter ce que la destiné nous réserve. Bonne nuit.

Contrairement à ce que Simon anticipait, le bref échange lui a fait un grand bien. Le souvenir de cette tentative héroïque du frère de Donald, menant ses hommes dans le but de créer une première percée, s'immisce en lui. Une seule victoire, lors de cette confrontation, aurait pu redonner espoir d'un dénouement meilleur. Malgré le support des autres sections tentant d'établir une tête de pont, il est tombé sous le feu de l'ennemi. Pendant les combats au corps-à-corps qui s'en sont suivis, ses confrères ont réussi à ramener sa dépouille et celle des malchanceux ayant pris part à l'assaut.

Pris par une soudaine curiosité, Simon consulte son ordinateur afin d'en savoir un peu plus sur ce Donald qui lui était encore inconnu il y a quelques instants. Il y découvre un bref résumé des circonstances ayant mené les deux frères à la Cité. Nés sur une ferme d'élevage de saumons située à plus de mille kilomètres de la Cité, ils y ont grandi jusqu'à l'adolescence lorsque l'éclosion de l'épidémie est survenue. Ils ont surmonté les obstacles pour finalement arriver aux portes de la Cité sains et saufs. Donald a accepté son affectation comme responsable de la pisciculture à la base sous-marine il y a maintenant près d'une quinzaine d'années. Le fait qu'il soit le conjoint d'une des deux sœurs responsables de la base explique comment il a pu prendre connaissance des premiers rapports transmis par les autorités de la Cité.

La mère ayant été inséminée d'un jeune garçon et d'une fille, le couple a refusé le transfert à la Cité de cette dernière, évaluée comme Élite. Son prénom Moby, comme dans l'histoire de la baleine, attire son attention. Que son sergent ait transmis à son frère, Donald, certaines informations avant l'attaque prévue peut facilement être défendues. Le nom de sa conjointe, Lina Paravano, lui dit également, quelque chose. Il se souvient de l'avoir vu mentionné dans un rapport tenu secret qui mentionnait une erreur de manipulation comme responsable du développement cérébral de la nouvelle espèce dérivée d'orques. La mère n'avait que dix-sept ans, à ce moment-là, et l'incident s'est passé alors que Simon n'était encore qu'un bébé. Le professeur Gallant, alors responsable des recherches, ne se rendra compte de l'erreur que lorsqu'il sera mandaté par un comité restreint presqu'une décennie après l'incident. L'intervention disciplinaire ayant eu lieu plus de cinq ans après la naissance des derniers cétacés, il était trop tard pour changer quoi que ce soit forçant donc le Conseil de conclure que garder secret cette erreur constituait la meilleure solution.

Sa réflexion est coupée par l'arrivée d'un appel entrant. Au bout du fil, c'est Josiane que Simon a complètement oubliée. Si sa mémoire est bonne, lors du combat, elle était postée dans la première banlieue que son bataillon avait comme mandat de libérer. Mais où avais-je donc la tête, se questionne l'Élite tandis qu'il répond.

- Salut mon sauveur, annonce-t-elle.

- Bonsoir Jos, je m'apprêtais à t'appeler, la rassure Simon.

- Arrête de me conter des histoires mon cher Simon. Tu connais trop bien cette facilité que j'ai de pouvoir lire en toi comme si tu étais un bon vieux roman.

- Excuse-moi, ma chouette! Mais, tout va bien pour toi? Dit-il en tentant d'oublier sa propre culpabilité.

- Oui, vous êtes arrivés juste à temps. On manquait de munitions lorsque vous êtes apparus au loin. Je ne peux que te dire comment on s'est senti soulagé lorsque la sirène des Exclus a sonné pour les inciter à quitter la banlieue.

- Tu sais Josiane dès que l'on a su pour l'attaque surprise, on a fait de notre mieux pour venir vous porter assistance le plus rapidement possible.

- Ne t'en fais pas, on a grandement apprécié, assure-t-elle.

- Ça n'a pas été facile, Jos, par la suite.

- Une fois de retour, la première chose que j'ai faite a consisté à vérifier que tu n'étais pas sur la liste des pertes et disparus suivie de celle des blessés. Je suis certaine que tu as fait la même chose pour moi.

Cherchant à s'en sortir, Simon réalise soudainement qu'il a un pressant besoin d'elle.

- Chérie, penses-tu que l'on pourrait se voir pour discuter intimement de tout cela?

- C'est ce que je me disais aussi, mais Jim m'a appelée pour avoir de tes nouvelles. Il est très inquiet à ton sujet. Contacte-le, il a vraiment besoin d'être rassuré. Rejoins-moi après si tu veux.

- Donne-moi quelques minutes et je sonne à ta porte.

- À tantôt alors.

Fanatique, comme Simon, du monde de l'espace, Jim a su profiter d'une affectation à la Cité spatiale il y a 2 ans. Amis intimes depuis toujours, Simon est beaucoup plus du genre intellectuel alors que Jim se trouve à être du type fonctionnel. La spécialisation académique de Simon est responsable de son délai à prendre la direction des étoiles en même temps que

Jim. Depuis l'affectation de Jim, ils se parlent à tous les jours.

- Que fais-tu de bon? Le questionne Simon.

- Qu'es-ce que tu penses, je m'inquiétais pour toi, rétorque Jim.

- C'est certain que je viens de retomber les deux pieds sur terre, ne peut que constater Simon.

- Pourtant, t'as l'air bien.

- Peut-être que j'en ai l'air mais je n'ai certainement pas la chanson. Jim, ils nous ont piégé, on n'était tout simplement pas préparés, se contente de dire Simon.

- C'est ce que j'en ai conclu Simon, après avoir pris connaissance des rapports. Ils devaient savoir pour l'opération, répond avec finalité Jim.

- J'ai réalisé que tout le monde était au courant pour l'intervention. Les Exclus ont été informés, constate Simon d'un ton teinté d'un certain découragement.

- Te connaissant, tu vas t'en sortir. Josiane m'a dit que tu l'avais sauvée d'une mort certaine? Tu devrais aller la retrouver. Ça va te changer les idées. Après tout, elle te doit la vie, profite donc de sa reconnaissance, suggère Jim en cherchant à l'encourager.

- Tu sais je ne l'ai même pas aperçue lors de notre intervention pour libérer la banlieue qu'elle devait défendre. C'est l'arrivée du bataillon qui a fait fuir les belligérants. Mon unité n'est même pas entrée pour prêter assistance. On a immédiatement cherché à rattraper les Exclus que l'on a rejoints, d'ailleurs, puis éliminés sans subir aucune perte.

- Tu me soulages. Comment ça va pour Jos? Elle semblait ébranlée.

- Je viens juste de lui parler et je me prépare à la rejoindre chez elle. Je vais être obligé de prendre une partie de la nuit pour justement tenter de nous replacer les esprits. Et toi, Isabella?

- Elle s'inquiète pour toi et n'arrête pas de me demander quand tu t'en viens.

- Suite aux derniers évènements, je ne crois pas que ce sera pour bientôt. J'ai bien peur qu'ils vont avoir besoin de toute l'aide possible jusqu'à ce que la situation revienne sous contrôle.

- Je te laisse pour finir la soirée en beauté avec Isabella qui en profite pour te souhaiter une bonne nuit.

- Bonne idée. Amusez-vous tous les deux.

- Vous aussi.

Tandis qu'il se dirige vers les appartements de Josiane, Simon ne peut s'empêcher d'être heureux pour Jim d'avoir réussi à trouver, dans cette enclave isolée de l'espace, l'âme sœur en Isabella. Dès la première fois que Jim lui en a parlé, il a réalisé immédiatement que son ami venait de dénicher la perle rare. Il sait que Jim pense la même chose de

Josiane. Enfin parvenu devant chez elle, ils pourront tout oublier, pour cette nuit du moins.

C'est un faible pourcentage d'inséminés, considérés comme surdoués, qui bénéficient de cet encadrement exclusif réservé aux Élites de la Cité universitaire. Cela permet le développement optimal des facultés psychiques, physiques et intellectuelles. Jamais dans l'histoire de l'éducation, un tel nombre d'aptitudes, de connaissances, d'énergies et de ressources aura permis de réaliser une si grande amélioration des capacités individuelles de jeunes dotés de capacités intellectuelles supérieures.

C'est un peu par chance que Simon a hérité d'une intelligence vive dotée d'un physique appréciable. L'approche utilisée jusqu'à sa génération permettait aux futurs parents de choisir parmi les semences de donneurs démontrant des aptitudes et une apparence physique basées sur leurs préférences personnelles. La sélection de semences et d'ovaires, possédant une prédisposition génétique au développement mental, sera mise en place suite aux premières générations d'enfants dont sa classe d'Élites fait partie. Le rapide remplacement de l'approche dite parentale par une méthode génétique axée sur l'intelligence supérieure atteindra l'objectif de plus que doubler le ratio de surdoués pour les générations subséquentes d'Élites.

C'est l'effort concerté de toute une génération de survivants de la Cité, pour permettre éventuellement à l'humanité la reproduction naturelle responsable de la survie de l'espèce, qui est responsable de ce taux de natalité record. En moins de vingt ans, la venue de près de vingt mille nouveau-nés modifie la vocation première de la Cité universitaire axée sur la recherche pure vers les sciences de l'éducation. Dès la naissance, c'est vingt pourcent de ce nombre qui sont diagnostiqués pouvoir bénéficier de l'éducation spéciale réservée aux Élites.

Simon a grandi dans ce contexte d'acquisitions du haut savoir qu'offre ce milieu complètement isolé de la réalité du monde extérieur que constitue l'environnement universitaire de la Cité. Enfermé dans cette bulle éducative intensive le prenant en main depuis la naissance, l'expérience des combats d'aujourd'hui constitue, en réalité, son premier contact avec l'évidence de ce qu'est le vécu de la plupart des individus dans la vraie vie. Mentalement, Simon et ses semblables n'étaient tout simplement pas préparés pour affronter l'adversité que représente la réalité de l'enfer aujourd'hui.

C'est l'apparition de banlieues résidentielles, hors du périmètre protecteur de la Cité, qui permet aux nombreux nouveaux parents et enfants de trouver des logements adéquats. Ces banlieues désormais détruites, certains réfugiés se retrouvent logés chez des proches, amis ou bénévoles tandis que la majorité se retrouve entassée dans des centres temporaires d'hébergement. L'insécurité règne.

Pour renverser la situation, deux approches stratégiques d'intervention sont présentement à l'étude par les experts militaires. L'une consiste en une intervention musclée afin d'éradiquer, une fois pour toute, la menace tandis que la seconde mise sur la sécurité offerte par les systèmes de protection éprouvés de la Cité. Force est de constater que les ruines des banlieues représentent un milieu propice à la dissimulation des Exclus. Elles offrent un contexte idéal aux combats rapprochés qui se sont révélés être un net avantage pour les forces ennemies grandement supérieures en nombre. Il est donc décidé que l'attente sera de mise.

Bientôt, l'augmentation grandissante de combattants gonflant les rangs des Exclus rend caduque toutes possibilités de ripostes musclées hors de l'enceinte. La Cité fait face à un siège. Le rationnement est décrété en espérant que l'anarchie et la zizanie régnant au sein de la meute d'assiégeants viennent à bout de la menace. Les dizaines de milliers de morts résultant de la dernière confrontation devraient par contre permettre aux Exclus, pratiquant le cannibalisme, de tenir encore un bon bout de temps.

Après avoir rencontré de nombreux proches des soldats décédés, assisté aux différentes cérémonies d'usage et effectué la tournée des blessés, Simon profite enfin d'un répit. Cela lui permet de faire tomber le mur protégeant l'accès aux dernières données encore inaccessibles du portable retrouvé par son père, il y a une éternité lui semble-t-il. La signification des informations dévoilées le laisse pantois et perplexe. L'agenda de Sébastien Coles comporte des directives assez perturbantes.

Comment se fait-il que les habitants de la Cité universitaire se soient retrouvés inoculés contre le virus quelques semaines avant son apparition dans la population? Que la découverte du vaccin soit révélé officiellement que trois mois suite à l'apparition de la contagion? Est-ce le fruit d'un simple problème de communication déficiente ou de l'incompétence? Le retard dans sa mise en production et sa diffusion provient-il d'une simple incapacité de fabrication? Des éclaircissements seront requis puisqu'il est facile de porter des jugements plus de vingt cinq ans plus tard. En temps et lieu, se dit Simon. Pour l'instant, sa priorité doit demeurer les siens.

North Banks, Alaska, le 6 juin 2121

Près de soixante-quinze ans suite aux incidents survenus à la Cité universitaire, la jeune Esiom est totalement consciente qu'elle défie l'autorité du Conseil en ne se présentant pas à la réunion convoquée. Elle ne sait que trop bien que les Anciens ont déjà décidé des conséquences de ses dernières péripéties et que sa présence ne servirait qu'à la sermonner devant l'audience.

De toute façon, elle n'obtempèrera pas aux décisions imposées. Elle mène sa vie comme elle l'entend et personne ne pourra l'en empêcher. Il est peut-être vrai qu'elle a manqué de discernement lors de sa dernière escapade. Elle n'aurait pas dû accepter la présence d'autres jeunes si elle désirait tellement partir à l'aventure hors des zones sécurisées. Elle est parfaitement consciente que plusieurs la considèrent comme le mouton noir de la troupe.

Son problème provient du fait qu'elle aime beaucoup sortir hors de son élément pour gambader partout. Ce n'est qu'alors que ses infirmités peuvent servir à une quelconque utilité. Est-ce si difficile à comprendre? Ce n'est pas de sa faute si afin de pouvoir sortir hors du milieu on se doit de quitter la zone de sécurité. Ils n'ont, après tout, qu'à en modifier les frontières afin d'y inclure son terrain de jeu. Pourquoi ne pas permettre à chacun le plaisir de faire comme bon lui semble? Lors de la prochaine migration, à la prochaine pleine lune, on réussira bien à découvrir de nouvelles opportunités pour en profiter durant le long trajet, pense-t-elle.

Totalement inconsciente de ce qui se passe en son absence, elle ignore que son Orb vient de la répudier et qu'aucun des sept autres Orbs de la troupe n'a accepté son intégration. Reste, désormais, comme seule conséquence possible, l'expulsion pure et simple de la communauté. Certains ont bien tenté de prendre la défense de la jeune, mais, comme dans toute démocratie, c'est l'avis de la majorité qui l'emporte.

Majorité souvent influencée par cette déferlante n'obéissant à aucune règle particulière sauf que plusieurs embarquent sur la vague dont la provenance demeure inconnue mais que la mode passagère augmente l'ampleur. Heureusement pour Esiom, l'entêtement des quelques-uns à trouver une solution au présent dilemme finit par convaincre l'assemblée d'adopter une alternative en le vieil Éon. L'Aïeul comme plusieurs aiment bien le nommer, qui se tient à l'arrière de la troupe et qui ne participe jamais aux réunions. Il est décidé qu'afin de permettre à la jeune Esiom une option à son expulsion, elle pourra revenir à la troupe après avoir réussi son intégration avec Éon, s'il veut bien d'elle comme élève. Cela fait plus de dix migrations qu'il refuse systématiquement tout tutorat. Bonne chance fille.

De retour, c'est la tête haute et fière d'elle-même que la jeune Esiom se présente auprès de ses congénères. Elle ressent vite cette tension palpable autour d'elle. Ses fidèles amis tournent la tête ou le regard en l'apercevant. Se serait-elle trompée dans l'appréciation du moment? Le doute s'est déjà bien installé lorsqu'elle apprend le choix impossible auquel elle est confrontée. Le rejet de tous les Orbs la submerge. L'affiliation avec l'Aïeul est une option qui n'en est pas une. Le vieil Être ne communique plus avec personne depuis des âges. Il est violent et colérique. Elle ne se rappelle que trop bien la fois ou elle a reçu une immense taloche lorsqu'elle s'est approchée, par mégarde, trop près de lui. Ce n'est qu'un vieux fou.

N'ayant d'autres choix, elle se dirige, penaude, à l'arrière du périmètre de la troupe afin de tenter de le trouver. L'apercevant finalement de loin, son immensité la sidère. Comment un tel monstre peut-il être son ancêtre? Se rappelant la procédure à suivre lors d'une introduction, elle se calme, effectue un tour complet de l'Aïeul en prenant bien soin de garder ses distances et enfin se placer à sa droite. Il est impossible, selon elle, qu'il soit au courant de sa situation étant donné qu'il ne maintient plus aucun contact avec la troupe.

Après tout, se dit-elle, elle aurait sans doute mieux fait de se présenter à la dernière réunion. Elle aurait eu au moins le plaisir de tous les envoyer promener. Entêtée, elle sait qu'elle restera auprès de l'ancêtre quoi qu'il advienne. Au moins, elle bénéficiera de la protection de sa seule présence. S'il veut la répudier, et bien, ce sera tant pis pour lui. L'espace appartient à tous. Elle le suivra de loin s'il cherche à la repousser physiquement. De toutes manières, il possède peut-être l'avantage de la lourdeur mais elle bénéficie de la prestance de la vitesse. Il n'est tout simplement pas question qu'elle se retrouve seule. Ses chances de survie seraient alors presque nulles. Elle lui tiendra tête. Ce n'est certainement pas ce vieux déplaisant qui viendra à bout d'elle. Elle a connu pire de la part de certains adultes et de leur rejet de ses infirmités. D'ailleurs elle n'en est pas la seule. Ceux de sa génération subissent la même forme d'ostracisme.

Éon demeure impassible. La jeune Esiom ignore que ses pensées lui sont transmises. Enfin, quelqu'un avec du caractère, se dit-il, en prenant soin de fermer son esprit et, ainsi, empêcher la jeune de percevoir son humeur. Éon réalise l'amplitude des difficultés qu'Esiom se devra de surmonter. Enfin, une lueur d'espoir qui se présente. Loin de lui l'idée qu'une conclusion positive de sa démarche ne soit probable. Esiom se rassure quelque peu. Il ne l'a pas chassée bien qu'il demeure stoïque et indéchiffrable.

Ce fera bientôt une semaine qu'Esiom respecte le rite d'introduction et le vieux débile n'a même pas encore réalisé sa présence. Sa patience a des limites. L'âge avancé de l'Aïeul est certes responsable de son comportement irritable et grincheux mais l'indifférence démontrée depuis son arrivée rend la situation pénible pour la jeune Esiom. C'est comme si elle n'existait tout simplement pas. Il est rendu sénile, se dit-elle. Malgré l'interdiction décrétée par le Conseil, certains de ses amis sont venus lui rendre visite. La réaction colérique du mastodonte suite à leurs intrusions en son espace a tôt fait de les éloigner.

Depuis ces visites hâtives, ce n'est que solitudes. À part cette intrusion, sans doute accidentelle, d'une horde de requins, dépecés et expulsés de manière si expéditive que la jeune Esiom en fut sidérée, tout n'est que platitudes. Comment se fait-il qu'il ne tolère que sa seule présence? C'est le néant total à ses côtés. Ce n'est pas de gaieté de cœur qu'elle se résigne à y rester. La migration s'amorcera bientôt. Cette procédure initiatique qui la force à demeurer en son espace fait que la jeune n'a pas encore osé enfreindre la tradition. Quel bonheur ce serait de pouvoir voguer comme bon lui semble et fraterniser avec ses amis de toujours. Et que dire de l'immense satisfaction qui serait sienne de pouvoir sortir explorer les lieux interdits.

Éon perçoit l'état d'esprit de la jeune en se gardant bien de lui laisser percevoir sa grande satisfaction. Cela fait près d'une génération qu'il a cessé de proclamer que la pensée collective se dégrade, que la troupe erre de plus en plus sans objectif, sans défi, sans ce vouloir et pouvoir de réalisations, que la complaisance s'installe. L'espoir renait.

- Et pourquoi pas, lui transmet-il.

Esiom demeure abasourdie. Vient-elle de percevoir une communication provenant de son mentor? Son cerveau lui joue certainement des tours. Elle prend ses rêves pour des réalités, elle est folle se dit-elle. Définitivement, cette solitude ne lui va pas du tout.

- Qu'est-ce qui t'empêche de réaliser tes désirs? Poursuit en émission pensorielle l'Aïeul.

Bon, c'est rendu que des voix intérieures perturbent le fil de mes pensées, se dit-elle. Jouant le jeu de son esprit imaginatif, elle s'amuse à faire défiler en elle les objections évidentes telles que la tradition exige de demeurer sous l'égide de son maître durant le processus d'intégration, qu'elle ne peut retourner au sein de la troupe avant la fin de la migration pour choisir l'Orb qui voudra bien d'elle...

- Est-ce que cette interdiction s'applique à moi? Lui dicte sa solitude.

- Non! Mais cela fait des lustres que votre réclusion volontaire perdure, son esprit tordu se plait-il à lui répondre.

- Je te croyais beaucoup plus volontaire. Depuis quand t'empêches-tu de faire selon ton bon plaisir? Définitivement, je deviens insensé, se dit-elle. C'est rendu que j'entretiens une discussion avec moi-même.

Malgré le dilemme mental dans lequel il vient de faire plonger la jeune Esiom, Éon est heureux de constater qu'il y a, enfin, quelqu'un de sensé. Il change de direction et, malgré l'inconnu des dangers encourus, se dirige vers l'espace de jeu de prédilection de sa protégée. Enfin quelque chose de nouveau à explorer, des aventures à vivre, des leçons à apprendre et à donner, se dit le vieil Être. La vie quoi. Il se plait à demeurer stoïque et impénétrable tandis que l'esprit de sa protégée s'efforce de remédier à la confusion causée par son présent état d'âme. Esiom réalise qu'ils quittent le territoire de protection et qu'ils s'approchent de son terrain de jeu de prédilection. Sa tentative de comprendre la réalité de sa situation est vite remplacée par une plus grande confusion encore.

- Amuse-toi et fais attention, vocalise enfin l'Aïeul.

- Pas de problème, ne peut s'empêcher de lui répondre la jeune, abasourdie par ce qui se passe.

Bientôt, Éon éprouve de la difficulté à s'empêcher de trouver bien cocasse la démarche de sa protégée qui gambade en territoire interdit. Il ne peut que très difficilement retenir un gentil sourire lorsqu'Esiom dégringole la falaise dans sa tentative de fuir cet énorme tas de fourrure blanche qui la pourchasse. Pourtant, la distance de la menace ne mérite pas un tel empressement pour se placer sous sa protection, songe Éon. Sondant Esiom, il ne perçoit que panique et peur baignant dans un sentiment de très grande vulnérabilité.

- Encore chanceuse que tu n'aies pas figée sur place, lui lance-t-il.

Un sens de l'humour encore inimaginable il y a quelques heures, se dit Esiom. Définitivement, il la surprend de plus en plus.

- Vous n'êtes pas obligé d'en rire, lui répond une jeune de plus en plus offusquée.

- Tu viens de prendre conscience du danger qui nous guette sans cesse, tandis que ton agresseur est conscient qu'il vient de rater un bon repas. À part l'apparence, dis-moi ce qui nous distingue de lui?

- L'intelligence? Lui répond Esiom, indécise.

- Voilà une notion toute relative, la reprend son mentor. Nous ignorons complètement les capacités mentales de son espèce. Sa conscientisation de la situation se situe au même niveau que la tienne.

- Que voulez-vous dire?

- Sans données adéquates, on ne peut que stipuler. Ce que l'on sait consiste au fait qu'en te considérant comme proie, il a consciemment changé d'avis lorsque, m'apercevant, il a réalisé le danger que je représentais et cessé sa chasse. L'instinct de survie a dicté votre réaction à tous deux. Toi, dans la fuite vers la sécurité et lui, dans sa poursuite suivie d'une cessation de l'action face à l'imminence d'un danger potentiel. Cela constitue une manifestation primale de la fonction consciente de l'intelligence. L'on retrouve ce premier niveau de conscientisation instinctive chez la plupart des espèces animales. Les réactions utilisées par les différentes espèces pour survivre à une situation quelconque dépendent du taux de succès historiquement obtenu. Les actes de fuites, d'immobilités, de réponses agressives, de camouflages ou d'agglomérations en masse ne sont que quelques unes de ces méthodes utilisées.

- Mais notre intelligence est la plus développée du règne animal, objecte Esiom.

- Ce message que l'on vous enseigne est faux. La capacité intellectuelle ne sert à rien si l'on n'élève pas notre niveau de conscientisation. L'acquisition de connaissances ne sert à rien si l'on n'en réalise pas l'application à bon escient? Certaines espèces, dont le cerveau est mille fois plus petit, vivent dans une société régie par une structure opérationnelle similaire à la nôtre. Dans ces sociétés divisées en entités spécialisées, chacune est responsable d'une tâche spécifique : la quête de la nourriture, de la défense des siens, de la reproduction de l'espèce, de l'éducation des petits ou de la gestion de la société. Cela ressemble beaucoup au fonctionnement social de notre communauté dite évoluée.

- Alors comment élève-t-on ce que tu appelles le niveau de conscientisation, demande Esiom.

- Le fait que tu prennes conscience que, la grande majorité du temps, tes actions proviennent de besoins, désirs et nécessités primales te permet d'atteindre le premier de ces niveaux d'élévation compréhensive en ton esprit, lui répond le maître.

Tentant de comprendre et d'assimiler la leçon, sa protégée se réveille tout à coup pour réaliser qu'ils se dirigent vers la troupe. Elle se demande bien par genre de réceptions ils seront reçus. Pourra-t-elle socialiser avec les proches de sa génération? Elle s'amuse à tenter de prévoir ce qui va arriver et, surtout, ce qui lui sera permis de faire. Elle le saura sans tarder puisqu'un groupe d'Anciens vient à leur rencontre. Une certaine frénésie s'empare d'Esiom tandis que l'Aïeul croise le trio d'intervenants dans une démonstration évidente de parfaite indifférence.

Quelque peu offusqués du manque de respect démontré par Éon, les émissaires se voient dans l'obligation de rebrousser chemin tout en se questionnant sur la façon acceptable d'informer l'Aïeul que la présence d'Esiom est interdite parmi la troupe. Rejoignant le duo, Enomis, la plus âgée du groupe, se voit confier le mandat de communiquer la décision du Conseil au patriarche.

- Excusez notre intrusion mais je me dois de vous informer de l'interdit.

- Qui vous a dit que la jeune ne me l'a pas dit? Êtes-vous en train d'insinuer que l'interdit s'applique à moi? rétorque agressivement l'Aïeul. Le silence du trio des nouveaux venus, faisant suite à cette intervention d'Éon, dénote un malaise que même Esiom peut ressentir.

- Veuillez nous excuser mais l'interdit ne s'applique qu'à Esiom, justifie Enomis.

- Et alors, que moi je décide ou non de rejoindre la troupe pour la prochaine migration demeure ma décision, n'est-ce pas? Relève Éon rendant, du même coup, évident que sa patience approche de ses limites.

- Mais la jeune ne peut passer outre à l'interdit, tente Enomis tout en se doutant fort bien en quoi consistera la prochaine réponse de son interlocuteur.

- Soyez conséquents, voulez-vous. Votre jugement stipule l'intégration et celle-ci exige une présence en mon espace sidéral. Esiom se doit de demeurer à mes cotés. Elle est sous ma seule responsabilité et j'entends bien respecter mes engagements. Merci de votre visite. Votre intervention n'était pas requise, conclut avec finalité Éon.

Témoin de la brève conversation, Esiom demeure impassible malgré la fierté qu'elle éprouve. Si ses amis savaient. Résignés, les émissaires quittent. La nouvelle du retour de l'Aïeul et d'Esiom ne tarde pas et c'est, rapidement, qu'un attroupement de jeunes excités se forme et les encercle.

- Profites-en et amuse-toi, lui vocalise Éon afin que tous puisse l'entendre.

C'est comme simple témoin, qu'Éon assiste à l'effervescence causée par le retour d'Esiom. Partis en tourbillonnant sur eux-mêmes émettant toute une cacophonie de sifflements, les jeunes prennent soin de demeurer en l'espace sidéral de l'Aïeul. Autant la spontanéité des jeunes est évidente devant l'arrivée d'Esiom, autant l'indécision des adultes l'est devant la soudaine présence de l'Aïeul. Il prend conscience de ce murmure généralisé, rempli de questionnements perçus chez plusieurs. Les avis sont partagés et les discussions animées. Déjà qu'un début de rébellion des jeunes, suite à l'expulsion d'Esiom, a nécessité de multiples interventions de la part des parents pour calmer le jeu. Maintenant qu'Éon s'en mêle, l'acceptation devient presque inévitable.

Base sous-marine, le 20 août 2031

Une quinzaine d'années avant les tristes évènements mettant en péril la survie de la Cité universitaire, la visite du chantier de construction de la future base sous-marine par le professeur Samuel Galant et sa jeune équipe stimule l'imagination de tous. C'est un immense contour de caissons métalliques entrecroisé par un réseau de caissons plus petits et surmonté de poutres réunissant le tout en une toile d'araignée géante formant l'ossature du plancher de la base qui se présente à eux. Flottant déjà au milieu de la baie, l'intérieur de la base avec ses divisions et différents équipements en attente pour devenir opérationnel s'offre à leurs yeux. L'immense ouverture de forme ovale située à l'extrémité du plancher donne l'impression de se retrouver devant une énorme sculpture d'art moderne assise sur l'onde. Une fois la construction terminée, les caissons serviront de lests et seront remplis d'eau afin de permettre à la base de devenir éventuellement sous-marine. Ils constitueront les réservoirs d'élevage du centre de pisciculture de saumons. Par la suite, il ne restera qu'à ancrer la structure submergée à dix mètres de profondeur aux parois de la falaise adjacente et au fond marin.

Ébahis par la grande simplicité utilisée lors de sa fabrication avec la magie de la biologie moléculaire, les nouveaux venus seront témoins du miracle de l'érection du dôme. De l'air réchauffé inséré sous l'immense pellicule de plastique recouvrant la structure permet d'en dilater la forme tel un ballon gonflable. La forme prend graduellement celle d'un gigantesque dôme elliptique dont la hauteur se situe à près de six mètres au-dessus du plancher. Par la suite, ce n'est qu'un jeu d'enfants pour qu'un pulvérisateur automatique de biocarbone en vaporise la surface interne de minces couches superposées. En moins d'une semaine, le petit centimètre requis pour permettre d'offrir la solidité nécessaire pour que la structure devienne autoportante. Le composé organique de biologie moléculaire se multipliera par division cellulaire jusqu'à l'obtention du ±cinq cm nécessaire à la rigidité requise pour une immersion sécuritaire. L'opération requise à la multiplication des cellules vivantes prendra près de trois mois. La cristallisation obtenue par le décès de ces cellules préprogrammées génétiquement engendrera une structure moléculaire similaire au diamant mais dotée de la transparence du verre.

Le professeur Samuel Galant n'était qu'étudiant en microbiologie génétique lorsqu'il assistera l'équipe responsable de la découverte du génome humain à la fin du dernier millénaire. Ce travail méticuleux et combien ennuyant de par ses répétitions incessantes d'essais et d'erreurs s'effectuait dans un laboratoire sale et crasseux. Laissé plus souvent seul avec lui-même ces recherches étaient taillées de toutes pièces pour lui. Pendant que son physique accomplissait les tâches répétitives, son cerveau pouvait voguer ou bon lui semblait.

À l'époque, le salaire piteux qu'il perçoit le force à faire le plus d'heures possibles pour joindre les deux bouts. Pour lui, quatre heures de sommeil par jour est plus que suffisant. Dorénavant, la nourriture ne sert plus que comme carburant lui permettant de poursuivre. La sensation de satisfaction que lui procure la recherche se transforme graduellement en une forme d'obsession. Depuis, ses habitudes de vie et son approche professionnelle n'ont que peu changé. Encore jeune, il a découvert sa recette du bonheur. Suite à l'obtention de son doctorat, il fait partie de l'équipe de spécialistes qui développe l'approche informatisée du séquençage du génome humain éliminant ainsi le travail de débroussaillage manuel si pénible à effectuer pour la grande majorité de ses pairs. Le génome régissant la structure moléculaire de toutes formes de vie devient bientôt accessible presque sur demande.

Muté à l'Institut de Génétique appliquée, c'est non longtemps après qu'il connait ses premières grandes déceptions lorsque la politique de l'établissement, régit par l'opinion publique, l'empêche d'utiliser des embryons d'humains pour ses recherches sur l'amélioration de l'espèce humaine. Il se retrouve donc ainsi obligé de mettre un terme à cette avenue malgré les avancées prometteuses pouvant mener à d'intéressantes applications pour le bien-être de l'humanité. Ne pouvant dorénavant travailler que sur le génome animal, le mandat de décortiquer celui des cétacés lui est octroyé. Le travail demandé est vite complété. Un gène relatif à l'intelligence attire son attention. Suite à des pressions répétées, il reçoit enfin l'autorisation et le budget lui permettant de continuer ses études pouvant mener à l'amélioration des facultés intellectuelles chez l'animal étudié par manipulations génétiques. Retrouvant donc le travail insidieux qu'il aime tant, il se perd dans les méandres de ses recherches tandis que la civilisation s'écroule autour de lui. Absorbé par son travail, il demeure inconscient de la situation tandis qu'il développe les outils et les méthodes de travail pouvant éventuellement permettre le développement de la compréhension chez l'animal.

C'est à ce moment-là que le Professeur Christian Gomez, recteur de la Cité universitaire, lui demande de monter une équipe afin d'étudier la déviance génétique chez la descendance des rescapés de la dernière épidémie. Rapidement, l'équipe parvient à isoler le gène défectueux. Habitué à travailler seul, Samuel Galant n'est pas un gestionnaire de budgets et de personnels. Ces responsabilités cadrent mal avec ce chercheur solitaire, taciturne et têtu possédant peu d'aptitudes sociales et politiques. La pression constante reçue est incompatible avec l'élaboration d'une approche corrective appropriée. La recherche a besoin de temps et Dieu seul sait combien d'années ou pire de décennies seront nécessaires pour trouver la solution. Il démissionne et retourne heureux, dans le désordre et la solitude, de son ancien laboratoire.

C'est à ce moment que deux jeunes rescapées, sœurs jumelles de treize ans, se présentent à son bureau dans le but d'offrir leurs services dans le cadre du nouveau programme scolaire d'heures de bénévolat obligatoires. Le soulageant de ses tâches d'entretien, elles finissent par amadouer le chercheur. C'est le début d'une longue relation entre le chercheur et celles qui deviendront ses principales acolytes. Jeunes et insouciantes, Lina et Tina trouvent, à leur arrivée, un individu dépourvu de tout savoir-vivre. La tendance des sœurs à volontairement ignorer ses propos désobligeants alliés à l'enthousiasme naturel, rencontrée si facilement chez les jeunes de toujours, finissent par forcer le chercheur à démontrer un début d'humanité. Par la suite, ça ne devient qu'un jeu d'enfant pour que les deux sœurs réussissent à percer son épaisse carapace d'ermite. Déjà, à dix-sept ans, elles participent activement à ses travaux de recherches et, c'est suite à une erreur de manipulation de Lina, qu'une faible lueur d'espoir apparait enfin. C'est sans s'en rendre compte qu'elle se trompe d'éprouvette dans la cuve d'entreposage refroidie au nitrogène liquide. Elle y prélève un échantillon de génome humain ne devant pas s'y trouver et qui provient des recherches antérieures du professeur.

La prochaine année servira à développer l'approche génétique appropriée. Puisque le génome modifié appartient à l'épaulard et que le mammifère est considéré comme complexe, il obtient finalement l'autorisation des autorités pour que les pratiques d'insémination s'effectuent directement auprès de femelles vivant en milieu naturel sur la côte nord-ouest du continent.

Dans l'éventualité du succès de l'opération, les familles de cétacés seront graduellement attirées vers la nouvelle base sous-marine en construction dans une petite baie isolée des côtes du détroit de Juan De Fuca.

Une exception est accordée aux jeunes assistantes qui peuvent mettre fin à leurs études universitaires suite de l'acquisition d'un diplôme reconnaissant l'expérience déjà acquise et les connaissances en devenir. Désormais, rien ne peut plus empêcher leur collaboration à plein temps avec le chercheur. Douze femelles de chacun des pods J, K et L étudiés seront ainsi inséminées avec succès, après intervention en habitat naturel, sur une période de trente six mois. On prévoit qu'en cinq ans plus d'une trentaine de baleineaux modifiés naîtront de l'opération.

Lina et Tina se réveillent alors prises dans un tourbillon de préparations. Habituées à la routine du laboratoire, elles doivent se préparer à de toutes nouvelles affectations. En effet, le Professeur Galant les a nommées coresponsables de l'équipe d'experts supervisant les progrès des jeunes baleineaux. Il faudra apprécier la pertinence des modifications mentales qu'apporte le nouveau gène alliées aux conséquences physiques qu'elles pourraient générer. À plus long terme, les effets sur le comportement, l'intelligence et la descendance des cétacés devront être analysés. Présentement en voie de planification, certaines modifications à la base sous-marine seront nécessaires. Des locaux doivent être aménagés pour recevoir la nouvelle équipe. Le dôme de la base sous-marine aura cent mètres de circonférence. Il devra inclure une immense ouverture dans le plancher donnant un accès direct à l'océan aux nouveaux nés et à leurs familles immédiates. D'une circonférence minimale de cinquante mètres, la piscine intérieure donnant accès libre à l'océan deviendra l'aire de jeux de prédilection pour les baleineaux. Les jeunes jumelles décident de déléguer le mandat des modifications à effectuer aux futures installations sous-marines aux premiers responsables de l'édification de la base.

Lina et Tina interceptent Hector, jeune biologiste diplômé, dont la maitrise porte sur le décodage des sons qu'émettent les cétacés. Il est sur le point de quitter pour l'aquarium lorsque l'elles accaparent ses services. Elles ont porté leur choix sur lui après avoir pris connaissance de sa thèse de doctorat portant sur la relation entre la communication et l'intelligence des cétacés. Le défi offert l'intéresse vivement. Lors de leur première visite à l'aquarium, les jumelles tombent sous le charme de la spécialiste responsable du suivi des pods résidents d'épaulards vivant en milieu naturel. La relation que Danielle entretient avec ses protégés s'apparente à celle d'une mère pour ses enfants et ces derniers la lui rendent bien. Depuis plus d'une dizaine d'années, elle utilise un propulseur aquatique électrique lorsqu'elle nage avec les orques pour les étudier de plus près. La sincérité de ses sentiments est évidente. Non seulement se parlent-t-ils, on a cette nette impression qu'ils se comprennent. Une excitante osmose quoi. Son acceptation par les cétacés a de quoi surprendre. Elle a réussi à rendre sa présence auprès des cétacés comme une forme d'attraction et de distraction.

L'accompagnement des nouveau-nés par les mères porteuses est le prix que l'on doit payer pour obtenir l'approbation de Danielle. La tentative d'attirer les nouvelles mamans se faisant accompagnées des mâles désirant suivre par de la nourriture abondante finit par obtenir son acceptation. Principalement composée de saumons élevés en pisciculture et relâchés libres sous l'ère de jeux du dôme submergé, on espère pouvoir ainsi maintenir les familles près de la base pour faciliter l'étude des nouveau-nés. Face à l'éventualité que les jeunes suivent leurs parents dans les déplacements futurs de leur pods respectifs, il est prévu que l'accompagnement se fera en milieu naturel à l'aide de glisseurs aquatiques.

L'effervescence de cette année de préparations contraste avec la quiétude de l'ancien laboratoire et le Professeur Gallant les surprend tous de par sa grande ouverture d'esprit. Son profond changement d'attitude est surprenant. Sa rencontre avec Danielle en est la principale responsable. Pourquoi deux personnes si obsédées par leur travail respectif peuvent si rapidement changer leurs priorités? Comment ont-ils réussi à fonctionner si longtemps l'un sans l'autre? L'amour vient de les frapper à un âge vénérable et ils se retrouvent, tout à coup, à y être confrontés pour la première fois de leur vie. Qui aurait cru en une pareille possibilité? Les deux jeunes assistantes sont ravies de constater cette atmosphère remplie de bonheur et de joie de vivre lorsqu'en présence du nouveau couple d'ainés. Quelle heureuse métamorphose!

Une année passe et les travaux sont finalement achevés. Lina et Tina sont désormais familiarisées avec le suivi en milieu naturel. L'adaptation, par la pratique, aux techniques et méthodes de plongée parmi les différents pods d'orques s'effectue sans anicroches pendant que le Professeur supervise le tout à partir du bateau, une approche douce pour l'insémination en milieu naturel est utilisée et bientôt un début de grossesse est observé chez les premières orques fécondées. L'équipe continue le suivi des   futures mères et maintenant que les différents aspects pratiques sont adéquatement maitrisés par Tina, elle peut enfin passer à d'autres préoccupations. Elle concentre donc ses efforts sur les aspects opérationnels et logistiques de la future base. Donald, un maître pisciculteur, spécialisé dans l'élevage de saumons est trouvé. Rapidement, il déniche le personnel requis capable de l'aider dans ses fonctions.

Hector, le spécialiste en communication, s'entoure d'assistants très compétents. Certains d'entre eux enregistrent les conversations des pods présentement suivis par le Professeur Galant et son équipe tandis qu'un second groupe en décode la signification. Le jeune diplômé se concentre sur l'amélioration d'un programme informatique qui permettra d'élaborer un début de communication avec les cétacés, du moins c'est ce qu'il espère de tout cœur. Ceux ayant essayé de traduire le langage des cétacés ont frappé un mur. La forme et le mode de transmission est d'une grande complexité.

Les cliquetis émis servent à l'écholocalisation permettant la vision cérébrale de l'environnement à moyenne et longue distance. Les sons, composés de clics, de sifflets et de fritures provenant d'ultra-sons, dont certains sont indétectables à l'oreille humaine, représentent tout un amalgame de significations. L'émission peut tout aussi bien être constituée d'une expression de sentiments passagers tels que la satisfaction, la surprise, la peur ou la déception. Il est possible que les composantes d'écholocalisation, telles que la retransmission, l'observation, la réponse et la sensation ne fassent partie intégrante que d'une seule et unique émission de sons. La superposition de contenus et son décodage par leurs semblables constituent une preuve irréfutable de la capacité cérébrale des cétacés.

Cela fait déjà près d'un siècle que l'être humain tente de communiquer avec l'espèce, sans grand succès d'ailleurs. Hector ne sait que trop bien comment il se doit de demeurer humble devant la complexité de la tâche. La prise simultanée de données auditives, ondulatoires, radars, sonars et photographiques par deux de ses assistants suivant les cétacés par scooter nautique lui offre une première percée. Les informations alors glanées permettent à l'ordinateur d'élaborer une première version primitive de la traduction tridimensionnelle de la possible vision mentale, telle que perçue par l'orque suite à l'écholocalisation, de son image environnementale. Par la suite, l'ordinateur réussira à isoler la portion du son contenant cette même information lors de sa retransmission aux membres du pod.

Quelques mois plus tard, c'est l'attaque par des loups de mer, ces orques démontrant une préférence pour la viande provenant de mammifères marins, d'un nouveau-né et sa mère isolés du pod qui permet une première véritable percée vers une meilleure compréhension multiphasique du langage des cétacés. En effet Lina suit la mère qui est retardée dans sa progression par son nouveau-né lorsque l'agression a lieu. Au même moment, Stan, un des assistants d'Hector, est situé complètement à l'avant. La superposition des données captées par deux sources opposées alliée à la signification évidente des messages transmis par la mère et des réponses émanant de l'avant, s'avèrent une source fructueuse d'informations. La portion de ces clics relatifs à la location du danger est décortiquée tandis que la télémétrie obtenue par Lina lorsqu'elle a retourné son engin afin de faire face à l'attaque permet une première juxtaposition de deux données différentes dans un même message. L'analyse subséquente permettra un début de compréhensions du mode multiphasique communicatif des familles étudiées. Éventuellement, Hector réussira à décortiquer une troisième signification contenue dans l'envoi du signal.

S'attardant sur Hector, Tina ne peut empêcher ses sentiments de se manifester en elle. L'expérience vécue au Centre de Génétique, alors que Lina et elle tentaient de trouver une solution par essais et erreurs à de différentes problématiques, lui inspire le plus grand respect pour les travaux de son conjoint. Sa ténacité professionnelle pour arriver à développer un premier mode de communication permettant un début de compréhensions mutuelles entre les deux espèces est remarquable. C'est, cependant, sa grande beauté intérieure, sa sagesse innée et son esprit vif qui constituent les principales raisons de son affection.

Ce qui la surprend c'est que sa sœur, pourtant jumelle identique, puisse trouver pareil réconfort auprès de Donald ce simple pisciculteur. Lui qui est tellement à l'opposé d'Hector, elle trouverait pénible de vivre avec quelqu'un possédant une telle vision primaire de voir les choses. Elle se doit de faire un effort pour accepter le choix de sa sœur. Malgré tout l'avenir s'annonce merveilleux. La base sous-marine est enfin prête. Il ne reste plus qu'à remplir les ballasts et l'ancrer à la paroi de la falaise et au fond marin. L'éruption spontanée du professeur dans son bureau la sort de sa rêverie passagère.

- Écoute Tina. Danielle et moi venons d'avoir une merveilleuse idée. De concert avec la venue de nos prochains baleineaux, il faudrait que les membres de la base nous fassent de vrais bébés. Les nouveau-nés des deux espèces pourraient ainsi interagir ensemble dès la naissance. N'est-ce pas là une magnifique idée. Danielle et moi deviendraient ainsi, en plus que presque parents, des quasi grands-parents, lui lance-t-il tout en jetant sur elle ce regard de chien piteux quêtant à son maître une petite gourmandise.

- Mais voyons donc prof, fonder une famille ne se décide pas comme ça, répond Tina, hébétée par l'étonnante proposition de cet homme qu'elle considère comme son propre père.

- Avant que j'oublie Tina, Danielle prépare une petite soirée pour fêter notre première journée en immersion. Vous êtes bien sur invités Lina et toi, accompagnées de vos conjoints bien entendu, et n'attendant pas sa réponse, il virevolte sur lui-même et après deux petits pas rapides si représentatifs de sa démarche se retourne soudainement pour lui faire face à nouveau.

- Je savais que j'oubliais quelque chose. Parles-en à ta sœur et fignoles-moi, pour le souper, un rapport complet sur le sujet dont nous venons de parler, et pivotant de nouveau, il quitte son bureau sans même prendre la peine d'en refermer la porte demeurant fidèle, comme toujours, à cette mauvaise habitude de ne passer qu'en coupe-vent.

North Banks, Alaska, le 21 juin 2121

Le retour de l'Aïeul et de sa protégée vers le lieu d'ermitage nourrit les conversations à venir. Avant le départ, la jeune rappelle à ses amis l'obligation de respecter la recherche de solitude d'Éon. Durant le trajet, l'excitation des retrouvailles se calme dans l'esprit d'Esiom. Toute une journée, se dit-t-elle. Elle prend conscience de la beauté magnifique qu'apporte le ciel étoilé en cette nuit dégagée. Émerveillée, elle se questionne sur la provenance de cette luminosité.

- Chaque étoile est l'équivalent de notre soleil et constitue un autre monde, répond Éon au questionnement de sa jeune protégée. Il l'informe ainsi de son désir de partager.

- Peut-on imaginer qu'il y ait d'autres intelligences? Demande Esiom.

- La probabilité est plus que possible comme en témoigne cette multitude de mondes peuplant l'univers.

- Donc, notre Créateur est responsable de l'apparition de toutes ces intelligences, constate Esiom.

- L'homme a profité de la forme d'intelligence dont l'élévation de la compréhension se situe au plus haut niveau. Mais, malgré ce fait, il n'a jamais réussi à établir de communications avec d'autres univers célestes. Encore moins d'intervenir pour permettre à la vie extraterrestre de développer la cognition. En notre monde, chaque espèce animale est dotée du niveau intellectuel requis à sa survie. Ce Créateur, comme tu l'appelles, n'a aucunement intervenu. La seule exception est sa contribution causant une modification de la construction mentale sur notre espèce. D'ailleurs, le Créateur se tient responsable de la disparition de nombreuses formes de vie. Contrairement à la croyance populaire présentement en vogue, il est loin d'être un Dieu et serait le premier à l'admettre s'il n'a pas, finalement, réussi à causer sa propre extermination. Notre espèce semble représenter la seule forme de vie permettant à la Pensée de continuer d'évoluer et d'exister, constate Éon.

Une vision des choses assez particulière, se dit Esiom. De quoi mériter de s'y attarder. La tradition orale remplie de légendes et d'aventures avec le Créateur semée de leçons de morale n'a aucunement prédisposée la jeune à suivre un tel cheminement. Se lassant dans sa tentative de comprendre, elle offre un repos mérité à son conscient. Perdue quelque peu en elle-même, la jeune ressent une certaine ouverture d'esprit qui cherche à se présenter en elle.

La perception d'une forme de nuage sombre et voilé, se situant directement au-dessus de son espace mental immédiat apparait. Se trouvant là, tel un nouveau plafonnement, elle en remarque l'existence pour la première fois, tout en se demandant comment peut-il se faire qu'elle ne l'ait jamais perçue auparavant. S'élevant en elle-même pour l'atteindre, il devient possible pour son esprit de tâter la consistance floue de sa composition. La curiosité la gagnant, elle s'efforce d'en percer la surface. La surprise d'y arriver, sans grand effort, tente de se manifester mais se trouve immédiatement remplacée par une légère et douce euphorie. Le bonheur et la joie naturellement ressentis suite à toute grande découverte enivrent son esprit. Une nouvelle dimension de son univers intérieur lui est désormais rendu accessible.

La sensation s'apparente à celle que pourrait éprouver un être ayant vécu toute sa vie dans une caverne et qui, réussissant à l'en sortir pour la première fois, aperçoit l'existence de la voie lactée tandis que l'aube se pointe à l'horizon. Un certain temps est nécessaire à Esiom pour qu'elle replace ses sens. Revenant à la réalité, elle ne peut s'empêcher de constater la drôle d'expérience mentale qu'elle vient de vivre.

La rapidité de l'élévation compréhensive de sa protégée surprend l'Aïeul. Prenant conscience de l'état d'esprit incertain d'Esiom, Éon tente d'en alléger l'atmosphère.

- Tu sais, la plupart des histoires et légendes que l'on t'a racontées sont vraies. Certaines péripéties ont été amplifiées, des passages améliorés ou d'autres oubliés comme dans toutes bonnes traditions orales, mais les messages qu'elles contiennent sont fondamentalement vrais.

- Comment peut-on le savoir, lui demande Esiom.

- Tu oublies que mon père et ma mère communiquaient et vivaient avec les Créateurs. Ce que je sais de leurs connaissances provient d'échanges directs de mes parents avec les hommes. N'oublie pas que nos ancêtres ont adhéré au mouvement pour l'indépendance de notre espèce. Elle se devait, pour prospérer, de ne plus dépendre d'eux. Ce sont les hommes, d'ailleurs, qui furent les premiers à nous initier à la notion de la maîtrise de notre liberté et à la nécessité de contrôler notre destiné. Éon ressent que l'attention de sa protégée vient à nouveau de disparaitre.

Esiom désire se rassurer sur sa capacité de retrouver la route la menant vers ses nouveaux horizons intérieurs. Elle se doit de maitriser et de comprendre ce phénomène qu'elle définit comme étant un état d'élévation intérieure. Retraçant la route la menant à son éveil cérébral, l'esprit d'Esiom s'occupe à explorer les confins de l'espace libéré en son conscient.

Comment son esprit pouvait-il se complaire sous ce voile flottant au-dessus de son état conscient tel un nuage l'empêchant de percevoir la magnificence du firmament. Elle réalise pleinement la cécité mentale qui l'habite depuis sa naissance. Cet aveuglement perceptif habite-t-il ses semblables? Comment peuvent-ils se contenter de si peu?

S'attardant sur la notion du temps, elle parvient à conscientiser l'importance du moment présent. En effet, il lui semble possible d'éterniser chaque battement de cœur, ce qui lui donne l'impression qu'une journée peut durer le temps d'une nouvelle lune. La perception de son entourage mental s'en trouve modifiée. De nouvelles possibilités cérébrales sont présentes tandis que son esprit tente d'en effleurer le contenu. À sa surprise, elle prend conscience que son état de méditation dure depuis plusieurs heures.

La réalisation de son ignorance la subjugue. Elle s'est facilement perdue dans la seule notion du temps. Un sujet parmi tant d'autres méritant éventuellement de s'y attarder. Enfin revenue de son voyage cérébral, elle perçoit l'entourage physique immédiat d'une nouvelle façon. Ses sens affutés lui envoient une telle quantité de signaux qu'elle se doit de développer un mode de classement prioritaire des sensations perçues selon le degré d'importance de l'information et la rapidité avec laquelle elle se doit d'en analyser la signification. Elle ressent un certain soulagement provenant de l'Ancêtre.

Enfin, se dit Éon. Depuis la réalisation de son avènement, l'esprit de sa protégée lui est devenu insondable. L'atteinte d'un tel niveau de conscientisation, lui est apparue que suite à la réclusion volontaire qu'il s'est imposée suite au décès de sa bien-aimée et qui perdure depuis plus qu'une dizaine de migrations. Quelle n'est pas sa surprise de constater la progression fulgurante d'Esiom malgré son si jeune âge. Est-il possible que la jeunesse constitue un moment propice à l'ouverture d'esprit?

Le conscient fonctionnel du maître et de son élève est devenu mutuellement accessible. L'osmose permettant cet accès aux pensées de l'autre semble fonctionner au premier niveau de la conscientisation. Celle consistant au fonctionnement primaire de l'esprit. Il est probable que la concentration requise à une exploration de l'au-delà spirituel empêche cette communication ouverte entre deux esprits.

Cette nouvelle communion d'esprits permet à Esiom de timidement sonder la mémoire de l'Aïeul à la recherche de réponses. Elle visionne, dans l'esprit d'Éon, le souvenir de cette longue initiation qui lui fut donnée par son père. Ce dernier lui racontant toutes sortes d'histoires à propos des hommes, des expériences vécues auprès d'eux, de connaissances transmises ainsi que de la relation d'amour et de respect qu'ils entretenaient. Une forme de paradis terrestre qui sera, un jour, menacé par la terreur.

- Prends ton temps, la jeune, tu as toute la vie pour explorer, sonder, imaginer et comprendre, la sermonne Éon.

- Excusez mon intrusion mais j'ai succombé à la curiosité, répond Esiom tandis qu'un puissant frisson la traverse tout à coup.

Les sens mis en éveil, ils se précipitent, à contre-courant, vers l'origine de la sensation. Des cris perçants de détresse affinent bientôt leur trajectoire. Ils aperçoivent quatre de ces gigantesques loups sauvages qui tentent de séparer un couple qui s'efforce de protéger leur nouveau-né de leurs attaques directes. Le reste de la meute de loups de mer demeure quelque peu en retrait en attente du moment propice qui mènera à la mise à mort du nouveau-né et, par le fait même, de leur futur repas.

Esiom est témoin de la puissante réaction bestiale d'Éon. Elle ressent en lui l'ouverture d'une porte permettant à l'instinct animal de sortir de son confinement et à l'omniprésence d'une profonde haine d'en décupler la puissance destructrice. Du coup, la peur de la jeune est dissipée. Le suivant dans l'attaque, elle se perçoit tel que lui et adopte le même état d'esprit. L'obsession de venir en aide au nouveau-né la gagne. Le désir de contrer la menace lui transmet cette sensation de toute puissance. Elle fonce droit devant et à toute vitesse sur l'énorme flanc qui traverse sa trajectoire. Tête baissée, elle attaque directement au foie d'un premier assaillant interrompant du coup son agression.

La brutalité dont elle fait preuve la surprend au même titre que son formidable adversaire. L'indisposition infligée force la bête à modifier sa course tandis que son attention se recentre sur elle. Ayant par inadvertance foncée sur le plus massif du groupe d'attaquants, Esiom réalise qu'il se dirige en ligne droite vers la nuisance qu'elle représente. Calme, elle attend de pied ferme le mastodonte tout en prenant conscience de l'intervention musclée d'Éon auprès de deux antagonistes. La barbarie primale dont il fait montre ne la surprend pas. L'immensité de l'attaquant se précipitant sur elle devrait figer Esiom sur place. Malgré tout, la jeune se sait capable d'éviter l'attaque grâce à son agilité. Concentré sur sa proie facile, l'agresseur perçoit trop tard l'arrivée du protecteur d'Esiom. Son moment d'inattention lui est fatal. La brutalité dont fait preuve l'Aïeul sidère Esiom à nouveau. L'agression cesse tandis que les échos provenant des forces de secours se font entendre. L'intervention n'aura duré que quelques battements de cœur.

L'arrivée des mastodontes de la troupe modifie la situation tandis que les loups de mer constatent le revirement des forces en présence. Le repas convoité est responsable de la piètre condition dans laquelle se retrouve le mastodonte du groupe. La poursuite effrénée des nouveau-venus contre le troupeau de loups de mer et les blessures qui s'en suivent serviront de leçon, une fois pour toute, aux individus qui le composent.

Cité spatiale, le 2 octobre 2046

- Je te l'avais bien dit, Jim, que tu t'en faisais pour rien. Tu avais pris, après tout, connaissance des rapports sur son unité de combat, lui dit Isabella, témoin bien malgré elle de la conversation entre son conjoint et son meilleur ami.

- Écoute, sa compagnie a perdu 46 hommes sur les 140 qu'elle comptait avec une trentaine dont les corps n'ont pu être récupérés. Le connaissant, il est impossible que la perte d'autant de ses soldats ne l'affecte pas. Mais, tu as raison, il semblait relativement bien. Remarque, il ne m'a pas tout dit, ne peut que constater Jim.

- Est-ce qu'une petite coupe de vin pourrait changer ton mal de place? Lui offre Isabella qui, comme directrice en chef de l'agronomie de la Cité spatiale, a réservé une section, parmi les multiples terrasses de culture s'élevant en étagère dégradée faisant le pourtour extérieur de la Cité, pour la culture des vignes.

- Bonne idée. On se paie un luxe pour fêter le fait que Simon est encore en vie, lui répond Jim.

- Tu ne crois pas que tu devrais cesser de l'encourager à venir nous rejoindre? Toi non plus, tu ne lui dis pas tout, ajoute Isabella en lui versant son vin.

- C'est à ça que sert un ami, répond Jim, tandis qu'il hume le bouquet du vin avant de trinquer avec sa compagne.

- En espérant que tout se replace autant sur terre qu'ici dans l'espace. Santé mon chéri, lui lance Isabella en levant sa coupe tout en prenant place à ses cotés.

- Santé ma dolce.

Tandis que les amoureux tombent dans l'émerveillement de l'amour, la Cité continue son chemin dans l'espace. Issue de la technologie de la transformation de la matière en état d'apesanteur, la Cité spatiale ne ressemble en rien aux toutes premières stations orbitales du début du millénaire. La sphère ovoïdale transparente en biocarbone mesure près d'un km de diamètre. Munie d'un concentreur de neutrons stabilisés qui se maintient en son centre à ±trois degrés Kelvin, on y retrouve grâce à sa masse ainsi accumulée une gravité similaire à celle de la terre.

Durant les cinq années requises à la fabrication de la Cité, les résidus neutriques du réacteur à fusion furent dirigés vers le concentreur afin d'en garnir le noyau jusqu'à ce qu'il atteigne la masse recherchée. Situé dans le centre de la sphère en contexte de vide spatial, le concentrateur bénéficie naturellement de l'absence de friction et de la température spatiale nécessaire à son fonctionnement optimal. Bientôt prête, la Cité ne nécessitait que l'arrivée de colons volontaires permettant d'en garnir l'intérieur des nécessités requises à l'autosuffisance.

Sans le développement, durant la troisième décennie, de chambres d'expansion neutrique offrant aux navettes spatiales une anti-gravité opérationnelle, sans grande dépense énergétique, les va-et-vient nécessaires à son érection, jamais l'humanité en crise n'aurait envisagé une telle réalisation. Le principe scientifique permettant le développement de la gravité nécessaire à la Cité spatiale, et de son contraire l'anti-gravité pré-requise pour les navettes est assez simple. Il est basé sur le fonctionnement d'un dirigeable dont l'hydrogène, concentré sous haute pression dans des cylindres, représente un poids énorme tandis que sa dispersion dans l'enveloppe du dirigeable permet à sa nacelle, la libéralisation de la contrainte gravitationnelle. Le neutron étant 100,000 fois plus petit que l'hydrogène, les chambres d'expansion nécessitent une dimension proportionnellement moindre que celle nécessaire au bon fonctionnement d'un dirigeable. Au lieu d'utiliser des pompes permettant de concentrer l'hydrogène dans les cylindres, les navettes utilisent le froid spatial pour concentrer la masse de neutrons tandis que la chaleur permet l'allègement par dispersion en chambres neutriques. L'augmentation de la température est fournie par le réacteur nucléaire tandis que le refroidissement provient naturellement de l'espace.

Sur les deux mille habitants de la Cité, la grande majorité est constituée de non-spécialistes. Certains sont des premiers intervenants ayant plus que mérité d'y demeurer tandis que la majorité provient de survivants fuyant la situation catastrophique retrouvée sur terre. Un fossé s'est graduellement creusé entre la gente ordinaire et dirigeante formant deux sociétés distinctes. Le nombre de spécialistes et de chercheurs étant demeuré stable depuis le début, l'espace vital utilisé pour leur utilisation personnelle est demeuré relativement le même. Par contre, celui alloué à la populace se retrouve confiné par l'arrivée de nombreux nouveaux arrivants. Les chambres dédiées aux travailleurs logent maintenant six séries de lits superposés permettant à chaque travailleur d'en disposer douze heures par jour. À vingt-quatre individus par chambre, on y retrouve une exiguïté similaire à celle des sous-marins dont les séjours limités en haute mer permettaient, une fois de retour de mission, le renouement avec la normalité. Ici, cela fait plus d'une décennie que la situation perdure.

Une force constabulaire devient rapidement nécessaire pour répondre à l'apparition d'actes de violences et de dépravations de plus en plus fréquents causés par cette trop grande promiscuité. L'insécurité règne. Des méfaits apparaissent de plus en plus chaque jour et c'est au commandant de la Cité, supporté par un comité de sages, à qui revient la tâche de trouver la conséquence appropriée à la faute commise. L'expulsion ne peut-être considérée que comme dernière ressource car le retour sur terre signifie presqu'une condamnation à mort. L'expansion de la Cité constitue la solution mais les ressources provenant de la terre sont en régression constante. Sur la planète, la civilisation fait face à l'extinction et encore dernièrement, le Centre de lancement de l'ancien Kazakhstan a été anéanti tandis que l'aéroport de la Cité universitaire est tombé aux mains des Exclus. Aucune nouvelle des survivants du Kazakhstan n'a été reçue depuis. Un nouveau Centre de lancement devra être préparé mais quand pourra-il devenir opérationnel?

Le Commandant Richard Deryes n'est plus le même homme depuis le décès de son épouse il y a maintenant plus de deux ans. Homme de caractère, il a toujours su démontrer une grande capacité à gérer les destinés de la Cité. La dégradation de la vie sur terre, l'isolation dans l'espace et les conditions difficiles rencontrées par les citadins ne sont que quelques-uns de ces éléments déstabilisateurs pouvant aisément être détectés. Cependant, son médecin n'est pas vraiment conscient de l'état lamentable de son âme causé par un constant ennui, un manque de défis à relever et cette peine profonde qui le poursuit jusque dans ses rêves. En parfait militaire, il sait camoufler ses faiblesses.

La principale raison de la création du Club des Initiés de l'Espace était de donner aux membres la possibilité de participer à la mise en place d'activités de toutes sortes. Un genre de Club Social situé dans l'espace. L'adhésion étant automatique, chacun pouvait voter afin de nommer les trois membres de son Conseil. Durant les premières années, le Club remplit son mandat par l'instauration de mesures facilitant l'adaptation des nouveaux venus à la vie dans l'espace et la mise en place d'activités de toutes sortes. Graduellement, l'action démocratique se développe et bientôt l'élection de ses gestionnaires dépend plus de promesses, revendications et popularités individuelles que de compétences. Un parti politique nait. Suite aux frictions avec l'autorité de la Cité, la classe dirigeante et ceux la supportant en sont exclus. Rapidement, une seconde option politique représente la minorité fidèle au mode de gouvernance en place. Un schisme apparait au sein de la jeune confrérie de l'espace.

L'assignation récente en poste de solitude de l'Enseigne Hans Kroll n'est tout simplement pas acceptée par la majorité des travailleurs. Il est l'un des représentants démocratiquement élus du Club des Initiés et la dernière intervention du Commandant constitue une attaque directe à la démocratie. Son refus d'appliquer les récentes mesures coercitives contre les travailleurs telles que décrétées par le Commandant Richard Déry est responsable de la mesure disciplinaire à son égard. Un nombre sans cesse croissant de citadins perçoit le Commandant comme un dictateur.

En effet, chaque fois qu'une mesure est soumise par Hans Kroll ou l'un de ses semblables pour améliorer leur qualité de vie, le Commandant en conteste l'application. Ainsi, au lieu de permettre à la démocratie de s'épanouir, l'impression générale est qu'il cherche par tous les moyens de non seulement conserver ses pouvoirs mais de chercher à s'en accaparer de nouveaux. Ses pertes de contrôle deviennent de plus en plus fréquentes malgré le suivi constant de son état par le Docteur Jacob.

Le Lieutenant de vaisseau Jim Morgan ne peut s'empêcher de s'opposer à la nouvelle formule d'application de la justice mise de l'avant par son Commandant. Il est inconcevable que ce dernier s'attribue les pleins pouvoirs en matière de justice. Avoir outrepassé le Conseil d'experts, mis en place afin d'obtenir un consensus en matière de conséquences juridiques et ordonné unilatéralement son exclusion en solitude, cette peine à l'encontre de l'Enseigne Kroll est inacceptable. Même si Jim réalise que le Commandant s'est laissé emporter par la fureur du moment, la perception d'injustice est généralisée auprès de la population. Selon Jim, cette nouvelle approche juridique prise par son Commandant représente un net recul de la compréhension de l'individu et d'une saine gestion des masses sociales. Il lui semble inacceptable de retourner à l'administration de la justice simplifiée telle que préconisée par son Commandant. Un code pénal simplement basé sur la réprobation est incongrue dans le contexte d'une Cité isolée de l'espace. En laisser l'application entre les mains d'un seul individu, tout en éliminant le principe d'experts neutres jugeant par consensus, ne peut qu'augmenter le sentiment d'exclusion auprès de la population.

Cette opposition personnelle face à l'autorité contrevient à sa formation d'Élite qui lui dicte la neutralité devant toute action politique. Il est certes vrai que l'approche multidisciplinaire œuvrant pour la complète réhabilitation de l'individu est quelque peu complexe à gérer, mais le taux de succès, en résultats concrets et approbations générales, est de loin supérieur à l'approche dernièrement utilisée par son Commandant.

Jim est mal à l'aise et ne sait trop comment réagir. Ce n'est pas le cas avec Isabella Sabatini. Rescapée in extremis il y a moins de deux ans d'une enclave autonome située dans les Alpes italiennes, elle possède un tempérament pour le moins bouillant. Cette intransigeance qui l'anime, son verbe acéré et ce comportement à caractère agressif face à l'insignifiance dénotent un certain contraste entre l'éducation reçue en contextes différents de deux individus d'un même âge ayant bénéficié de semences du Centre de Génétique. C'est ce naturel qui anime Isabella de même que sa grande beauté, tant physique qu'intérieure, qui perturbent Jim. Il sait trop bien qu'il serait facile de blâmer leur relation comme responsable de son présent état d'esprit.

Depuis sa tendre enfance, sa formation d'Elite l'a pourtant préparé aux multiples aspects des plaisirs sexuels et jeux amoureux. Malgré ce fait, il se sait vulnérable. Le problème provient du fait qu'Isabella ressent la même sensation. Ils se gardent bien de laisser l'autre s'en apercevoir, ce qui leurs permet d'entretenir une relation animée et remplie d'imprévus. Le sujet n'a jamais encore été abordé mais ils pourraient même, s'ils le désiraient, concevoir de façon naturelle.

Depuis la dernière semaine, Simon et Jim n'ont pas chômé. Dès le lendemain des confrontations, le résultat des prélèvements, provenant de dépouilles d'Exclus, démontre une présence dans le sang analysé d'un produit stimulant. Ce cocktail consiste en une drogue euphorisante d'origine organique connue et d'un produit dont la synthèse chimique s'apparente à celle développée, dès le début des tentatives en vue d'enrayer les déviances causées chez la progéniture naturelle des survivants de l'épidémie, par une équipe de chercheurs de la Cité universitaire. Cette découverte leur permet de conclure en la probable intervention d'individus malintentionnés à la tête des Exclus. Simon effectue une vérification de routine des identités de ceux ayant participé à l'élaboration de la formule chimique contrôlant la déviance des Exclus. Il finit par tomber sur le nom d'un certain Martin Coles comme directeur du laboratoire responsable. Le nom lui semblant familier, il constate qu'il est le fils du propriétaire du portable que son père avait rapporté à la maison, au grand dam de sa mère. Les annales de la Cité ne comportent aucune trace informatique de l'individu depuis le refus catégorique des autorités d'utiliser la drogue qu'il avait développée.

Concentré dans son analyse d'imageries provenant de la terre, une communication entrante, en provenance de Simon, interrompt Jim dans ses pensées. D'un simple clic, il voit apparaitre de l'information défilant sous ses yeux sur une partie de son écran simultanément à l'apparition de l'image de son ami.

- Prends connaissance de ce que je viens de t'envoyer, lance Simon à Jim, dont l'excitation devient rapidement perceptible.

- Ouah! Ne peut s'empêcher de s'exclamer Jim.

- C'est bien ce que je me suis dit, lui répond son ami

- Qu'as-tu l'intention de faire? Demande Jim.

- Je pensais commencer par rencontrer le Professeur Gomez car il a certainement connu le père de Martin Coles. Ça date de plus de vingt ans et il se doit d'être au courant de la situation qui prévalait à l'époque.

- Bonne idée. Penses-tu le questionner sur le père aussi? Demande Jim qui est informé des données dérangeantes retrouvées dans le portable du fondateur de la Cité universitaire par Simon.

- Je vais y aller par instinct, je crois bien. Tout dépendra de sa réaction. Je te tiens au courant, suite à ma rencontre.

- Attends avant de couper, je veux être témoin de sa réaction. N'oublie pas de porter ton insigne d'Élite.

- J'ai compris, on se parle après.

- À tantôt, conclut Jim en rompant la communication.

C'est avant son départ pour l'espace que les deux amis ont décidé de trafiquer l'insigne d'Élite, reçu à la graduation de Jim, en remplaçant par une micro-caméra à haute définition la minuscule pierre sertie en son centre. Il ne restait plus qu'à imprimer sur l'endos de l'enseigne les circuits nécessaires pour son fonctionnement permettant le transfert, par ondes à bandes wifi, des images et sons captés vers son vidéophone porté à la hanche. Le courant requis pour son fonctionnement provient de la petite batterie servant de clip retenant l'enseigne. Jim sait que celle de Simon vient de subir la même modification que la sienne suite à sa récente graduation.

En se dirigeant vers le bureau du Professeur Gomez, Simon songe que cette rencontre avec le recteur de l'université est primordiale. Enfin, apparait à l'écran de Jim, une secrétaire d'un certain âge. Ce ne sera pas facile, se dit Jim en l'apercevant.

- Bonjour jeune homme. Comment puis-je vous aider? Demande la secrétaire en employant ce ton professionnel empreint d'une juste dose de cordialité tout en contenant cette retenue insidieuse digne des meilleures secrétaires. Toutes tentatives pour oser amadouer la dame est cause perdue, pense Jim en espérant que Simon n'essaiera pas d'enjôler son interlocutrice.

- Bonjour, je suis Simon St-Pierre et je viens de découvrir des informations troublantes datant de plus de vingt ans. Elles me semblent avoir une étroite relation avec les terribles évènements qui affligent présentement notre Cité. Les souvenirs du Professeur Gomez, en rapport avec un certain Martin Coles, le fils de Sébastien Coles que le Professeur a certainement fréquenté, nous seraient d'une grande utilité.

Jim remarque les yeux braqués de la secrétaire sur la caméra dissimulée durant le bref exposé de son ami. Il y aperçoit un bref éclair lors de la mention du regretté sponsor de son patron. L'aurait-elle connu?

Souvent, les secrétaires sont beaucoup plus près de leur employeur que plusieurs ne peuvent le penser.

- Un moment M. St-Pierre, lui répond-elle tandis qu'elle enclenche la communication avec son patron.

- Professeur, un jeune Élite aimerait vous parler d'un certain Martin Coles. Il semble avoir trouvé certaines informations reliant les récents évènements à cet homme et il aurait besoin de vos lumières.

- Faites-le entrer.

- Il se nomme Simon St-Pierre.

- Vous pouvez me l'amener.

- Je vous remercie, dit Simon tandis que Jim voit la secrétaire ouvrir la porte afin de permettre à son ami de pénétrer dans le bureau de l'octogénaire.

- Que me vaut cette visite impromptue jeune homme? Lui semble empressé de demander le vieil homme, fondateur du Centre de Génétique.

- Excusez-moi professeur mais je viens de découvrir qu'un certain Martin Coles était responsable de l'élaboration, il y a maintenant plus d'une vingtaine d'années, d'une drogue chimique développée dans le but de soigner l'anormalité génétique des nouveau-nés issus des survivants de l'épidémie. Nos laboratoires viennent d'analyser cette drogue dans le sang prélevé chez tous les Exclus tués. Il s'avère que toutes les traces de l'existence du chercheur a disparu de nos données informatique depuis les derniers vingt ans.

Surpris par la teneur des propos du jeune homme, le recteur demeure pensif pendant un moment. Soudainement, il semble prendre conscience des implications des dires de Simon.

- Mon Dieu, Seigneur, Jésus, Marie, êtes-vous sérieux? Réalisez-vous l'importance de ce que venez de découvrir? Demande le vieil homme soudainement terrassé.

- Comme fils unique de Sébastien Coles, je crois en la forte probabilité qu'il nous ait quittés immédiatement après avoir pris connaissance du refus des autorités. Il est possible que la mort subite de son père, deux jours après la décision, lui soit imputable et que la vengeance qui l'habite soit responsable de plusieurs des actes de destruction d'enclaves civilisées des dernières années, récite Simon d'une voix monocorde.

Il semble décider de ne pas en rajouter et de taire ses récentes constations relatives aux données perturbantes trouvées dans le portable du père du chercheur. Une chose à la fois, se dit Jim. Tu fais ça comme un vrai pro, se promet-il de dire à son ami. S'ensuivent les formulations d'usage et Simon quitte le bureau.

Au sein de la Cité, la suite des choses se précipite soudainement. Malgré une forte opposition des autorités considérant leurs conclusions hâtives, le support inconditionnel du professeur Gomez les force à accorder aux deux amis le feu vert pour mener une opération d'intervention militaire. L'analyse détaillée d'images provenant de la Cité spatiale permet d'établir deux objectifs semblant répondre aux critères établis par Jim et Simon.

Dirigée par Jim, l'équipe de l'espace a déniché un manoir isolé situé à plus de dix kilomètres à l'est de la Cité. Ses alentours protégés par un fort contingent de forces armées dont la présence inhabituelle si loin derrière les lignes ennemies éveille l'attention. Le positionnement des postes de défenses détonne par l'ordre établi tandis que l'existence d'une puissance antiaérienne, servant à la protection des lieux contre une possible intrusion provenant des airs, permet de conclure en la présence du quartier général régissant les actions des Exclus.

Responsable de l'analyse des images se trouvant à l'ouest de la Cité, l'équipe de Simon déniche, à plus de vingt kilomètres au nord-ouest, un bâtiment industriel dont l'enclos adjacent maintenant un troupeau de chevaux attire la curiosité. Ce qui stimule encore plus l'intérêt est ce départ journalier d'un grand nombre d'individus qui guident, à pied, des montures lourdement chargées vers différents points éloignés de distribution. Pendant ce temps, d'autres conduisent une panoplie de charriots hétéroclites vers les forces assiégeant la Cité. La présence de garnisons dans les fermes adjacentes et celle d'agriculteurs cultivant des céréales pour les chevaux et du cannabis pour agrémenter la soumission des Exclus renforcent la conviction de l'importance de l'emplacement.

La destruction des objectifs se fera en utilisant deux approches différentes. L'intervention auprès du quartier général consistera en l'utilisation d'hélicoptères civils dont les modifications sont presque complétées. Grâce aux instruments de l'espace on a noté douze canons antiaériens guidés par radar et placés uniformément autour d'un périmètre situé à deux kilomètres du quartier général. Les hélicoptères arrivant au ras le sol utiliseront le détecteur de radar en mode passif qui permettra de cibler avec précision l'origine des ondes radars provenant des emplacements antiaériens. Ils dirigeront contre le canon assigné l'un des deux missiles air-sol récemment installés à bord de chaque hélicoptère d'intervention pour éliminer la menace. Une fois le danger écarté, il ne leur restera plus qu'à prendre de l'altitude pour se protéger des tirs aléatoires en provenance d'armes légères au sol et lancer leurs derniers missiles sur l'objectif.

Le second objectif nécessite une confirmation visuelle de la présence du laboratoire de fabrication afin d'assurer l'élimination définitive de la source chimique permettant un certain contrôle de l'inhibition des facultés déviantes des Exclus. Cet aspect rend l'intervention plus délicate. Composée d'une douzaine d'hommes maquillés et déguisés en Exclus, une force opérationnelle restreinte sera parachutée à l'extérieur de la zone opérationnelle.

Atteindre l'objectif sans alarmer les forces de défense du complexe est primordial afin que la manœuvre d'intrusion puisse permettre la confirmation visuelle de l'utilisation des lieux et sa destruction subséquente. Dans l'éventualité que l'opération terrestre échoue, quatre des hélicoptères de la première opération modifieront leur trajectoire après l'élimination des canons anti-aériens pour se rendre détruire le second objectif. Les deux amis espèrent ne pas avoir recours à cette dernière alternative puisque Simon est désigné pour prendre part à l'action des forces d'intrusion devant confirmer la présence des laboratoires. Jim guidera les opérations conjointes à partir de sa station privilégiée située dans l'espace. Les deux manoeuvres s'effectueront de manière simultanée cette nuit-même.

Répondant à la convocation plus que tardive du Commandant désirant informer sa population de la situation sur terre, Jim rejoint Isabella à l'entrée de la salle de conférence. Ce long délai a laissé court à toutes sortes de rumeurs qui se sont propagées depuis la dernière semaine dans la Cité. Le temps de s'installer et le Commandant demande la projection de la communication provenant de la Cité universitaire qui résume la situation suite aux derniers combats. Tous apprennent enfin la condition précaire dans laquelle se retrouve la population d'un des derniers Centre du Savoir suite à la perte de ses banlieues. Certains fondent en larmes lorsqu'ils apprennent que plus de vingt mille morts parmi les citadins et les forces de défense sont rapportés.

Le silence dans l'auditoire est palpable tandis que chacun digère la nouvelle. Cette suspension du temps est vite remplacée par une myriade de réflexions, commentaires et cris de détresse. Le Commandant s'avance vers le lutrin et réprimande, avec autorité, la cacophonie générale. Un semblant d'ordre est rétabli. Il décrète l'état d'urgence et l'application de la loi martiale. Les forces d'intervention se présentent au pas de marche munies de fusils paralysants. C'est la consternation générale. Richard Deryes s'adresse enfin à la foule.

- Nos instruments nous préviennent qu'un nombre incalculable d'Exclus, provenant de toutes parts, se dirigent vers la Cité universitaire. On évalue que les pertes subies par l'ennemi sont supérieures à cent mille combattants. Un nombre supérieur les auraient déjà remplacés aux portes de la Cité universitaire. Nos récents échanges avec les autorités sur terre nous permettent de concevoir une stratégie d'intervention chirurgicale afin de remédier à la situation. Nos effectifs participeront à l'opération malgré le fait que l'aéroport est présentement sous le contrôle des insurgés. Le dernier grand bastion du savoir de la civilisation moderne est sous le siège de la barbarie. Le Commandant délaisse son lutrin et quitte la pièce en direction de ses quartiers généraux suivi par les officiers militaires dont Jim fait partie.

- J'espère que vous savez ce que vous faites, Morgan, articule d'un ton déplaisant le Commandant aussitôt arrivé dans les quartiers généraux.

- Merci de votre encouragement, Commandant, répond Jim qui tente de ne pas laisser paraitre les doutes qui l'assaillent. Il connait fort bien les risques que comportent les deux opérations militaires.

- Vous connaissez mon profond désaccord avec l'implication de notre Cité dans vos récentes manigances. J'ai accepté notre participation à cette intervention que suite à l'intervention des autorités universitaires. Je me suis aussi plié à leur décision de vous en confier une grande part des responsabilités. Notre réputation est en jeu et je ne tolèrerai aucune erreur de votre équipe. Ne l'oubliez surtout pas, conclut son supérieur.

- Nous ferons tout notre possible pour ne pas décevoir vos attentes, Monsieur, lui répond Jim.

- Vous pouvez dégager Lieutenant.

- À vos ordres Commandant, lance Jim, plus qu'heureux d'obéir et de rejoindre ses pairs pour enfin passer aux choses sérieuses.

Parvenu à la salle des opérations, Jim salue son équipe et y prend place.

- Où en sommes-nous? Demande-t-il en direction de Diaz.

- La route que devra prendre l'hélicoptère de la force terrestre est établie Lieutenant. Je vous transfère l'itinéraire sur votre écran, complète le sergent.

Tel que prévu, Jim constate que la trajectoire prendra la direction du sud sur une vingtaine de kilomètres pour ne pas alerter les forces ennemies de l'objectif éventuel du vol. Par la suite, l'hélicoptère se dirigera vers l'ouest avant de bifurquer droit nord vers la cible. L'équipe de Simon partira trois heures avant le départ de la flotte héliportée mandatée pour détruire la base décisionnelle des Exclus. Les deux interventions finales auront lieu simultanément. Le départ de la flotte d'hélicoptères sera donc ordonné quelques minutes avant la manœuvre d'intrusion menant à l'annihilation des laboratoires de fabrication de la drogue et de la capture des humains participant à son élaboration. La zone choisie de parachutage se situe à cinq kilomètres au sud de l'objectif.

- Où en sommes nous rendus avec l'infrarouge Fiona? S'informe Jim.

- La portion de l'itinéraire nord et de la clairière prévue pour la réception des forces terrestres sont présentement dénuées de chaleur corporelle humaine Jim.

- Ici le poste de surveillance de la Cité spatiale pour vous informer que tout se déroule comme prévu. Bon trajet et on vous informe de la situation au fur et à mesure de votre progression, transmet Jim à l'équipage de l'hélicoptère transportant la petite troupe dont Simon fait partie.

- Bien reçu et que l'action commence, reçoit Jim comme réponse du pilote de l'hélicoptère.

L'opération menée par Simon se passe sans anicroche majeure durant le trajet si ce n'est cette légère modification d'itinéraire suite à l'apparition, remarquée par Fiona, d'un signalement infrarouge démontrant une présence humaine isolée forçant ainsi l'appareil à effectuer un léger détour avant de reprendre sa route vers sa destination. Suite au parachutage réussit, aucune véritable menace ne survient lors de la marche menant l'unité terrestre à l'objectif. Tel que prévu, le maquillage et les vêtements portés permettent à la petite troupe de passer inaperçue lors des quelques rencontres croisées sur le chemin. Le groupe d'intervention maintenant positionné aux abords de l'objectif, Jim donne l'autorisation aux hélicoptères de décoller en direction du chef-lieu des Exclus. Chaque appareil est suivi individuellement par l'équipe de Jim, qui devient désormais très occupée. Rapidement, la situation se corse. Coup sur coup, deux des douze hélicoptères sont détruits par des missiles portatifs sol-air avant même qu'ils aient traversé les positions ennemies encerclant la Cité. Comment se fait-il que les Exclus possèdent de telles armes, se questionne Jim. La donne change. Deux des dix hélicoptères restants devront désormais détruire une seconde position anti-aérienne. Les équipages sont informés du changement de plan. Tandis que l'escadrille d'hélicoptères se sépare pour suivre l'itinéraire individuel permettant d'atteindre furtivement les canons anti-aériens, Jim informe l'équipe au sol de Simon qu'elle peut maintenant passer à l'action.

Guidée par Fiona, les commandos éliminent les quelques Exclus postés de guet autour de l'emplacement. Ils pénètrent le bâtiment, suppriment silencieusement les gardes endormis, posent les explosifs, rassemblent les six prisonniers humains forcés de fabriquer la drogue et quittent les lieux sans qu'aucune alerte ne soit enclenchée. Le retour sans incident majeur vers le point d'extraction situé au milieu d'un champ à moins de dix minutes de marche permet d'y retrouver l'hélicoptère déjà en attente au sol. L'explosion des laboratoires se fait entendre au loin tandis que l'appareil prend de l'altitude.

Le succès de l'opération terrestre contraste avec le fiasco de l'opération aérienne qui se déroule de manière simultanée. La détection infrarouge d'une présence suspecte sortant d'un bâtiment isolé apparait à l'écran du sergent Diaz juste avant le passage d'un des hélicoptères se dirigeant vers sa destination finale. Retenant son souffle à partir de son poste dans l'espace, c'est en simple témoin impuissant qu'il assiste au déplacement rapide de la forme au sol pour être suivi quelques instants plus tard par le tracé lumineux d'un missile sol-air rejoignant la carlingue.

Essayant de garder un ton neutre, Jim informe un troisième équipage du malheureux incident et de la nécessité lui incombant de garder son deuxième missile pour la destruction d'un second poste antiaérien. La possibilité que l'opération soit amputée d'un certain nombre d'éléments, avant même que l'action ne débute, avait été prévue. Les équipages devront faire du sur place, après la destruction de leur premier objectif, dans l'attente que les batteries aériennes encore opérationnelles soient détruites. Ils pourront, par la suite, entreprendre les manœuvres de destruction du quartier général ennemi. Ce qui dérange Jim provient de la nature même de la contingence affectant le déroulement des opérations.

Le fait que l'ennemi profite d'un si grand nombre de missiles portatifs sol-air perturbe Jim. Les troupes au sol défendant le quartier général pourront bénéficier de précieuses secondes causées par le délai retardant l'attaque finale pour préparer les lance-missiles portatifs disponibles. Un fort pressentiment de catastrophe se présente en lui. Trois des neufs hélicoptères qui restent se devant d'éliminer avec leur dernier missile un second poste antiaérien, il ne reste que six appareils disponibles pour éliminer le quartier général. Il ouvre le canal de communication avec le Général en charge des opérations sur terre.

- Général, je crois que nous devrions mettre un terme à l'attaque aérienne, lui soumet Jim tandis que les premières positions antiaériennes ennemies sont détruites.

- Il n'en est aucunement question, reçoit Jim comme réponse en provenance de la Cité universitaire.

- Monsieur, puis-je vous rappeler le danger que représente l'apparition soudaine de lance-missiles portatifs au sein des forces ennemies.

- L'opération continue, rétorque son supérieur dont l'intransigeance de la voix ne laisse place à aucune interprétation.

- À vos ordres Monsieur, ne peut que répliquer Jim.

Il laisse échapper un soupir de soulagement suite à la destruction des trois derniers canons antiaériens. La prochaine étape est cruciale pour le succès de l'opération pendant que les six hélicoptères encore dotées d'un second missile se ruent sur le quartier général des Exclus. C'est lorsqu'il aperçoit sur ses écrans une panoplie de tracés de missiles quittant le sol venant de toutes parts que ses craintes se concrétisent. Il transmet d'une voix posée la directive de cesser les hostilités et de rebrousser chemin. Son écran l'informe de l'explosion d'un seul missile lancé du haut des airs tandis qu'une multitude d'éclaboussures le renseigne sur l'élimination de la flotte héliportée. Apercevant un mouvement au ras du sol, il prie pour la sauvegarde de l'équipage du seul appareil quittant en toute hâte le territoire d'engagement. L'appareil rejoint les trois hélicoptères n'ayant pu participer par manque de missiles. Un certain soulagement amoindrit la forte sensation d'impuissance qui gagne Jim. Heureusement, tout se déroule selon les attentes pour Simon et son équipe. Ne pouvant se laisser distraire par ses émotions, Jim revient à la réalité.

- Le pire est passé. Assurons-nous que tout ce beau monde nous revienne sain et sauf. On doit porter une attention spéciale pour détourner les appareils de toutes sources pouvant représenter un danger éventuel, remarque l'Élite tandis que son Commandant pénètre dans la salle.

- Félicitations pour la réussite des opérations. Je viens de recevoir un appel personnel du Général Chester qui nous remercie de notre participation à cette éclatante victoire, déclare-t-il pour ensuite diriger toute son attention vers Jim.

- Et vous Lieutenant, que vous a-t-il pris de vouloir mettre un terme à l'opération en plein milieu de l'action? C'est dans ces grands moments que l'on peut distinguer les hommes d'exceptions. Votre intervention m'a plus que déçu et vous pouvez être assuré que ce sérieux manque de jugement sera noté à votre dossier. Je ne tolèrerai plus aucune défaillance de votre part.

- Oui mon Commandant, répond Jim dont l'attention n'est distraite ni par la teneur des propos de son supérieur ni par sa sortie de la salle.

Le silence suivant le départ du Commandant se fait lourd.

- Tu parles d'un imbécile, laisse échapper Diaz.

- Sergent, veuillez contrôler votre langage. Votre commentaire est tout à fait inapproprié et je vous rappelle que vous parlez de votre supérieur, le sermonne Jim dont le ton de la voix ne laisse place à aucune équivoque.

- Pour moi ce n'est pas le cas. Cet homme ne sait pas vivre et n'a aucun jugement, renchérit Fiona qui, comme civile, se sait exclue d'une telle obligation militaire.

Jim comprend la frustration de la jeune Élite astrophysicienne. Arrivée au cours de la dernière année, le Commandant lui a confié un poste qui ne répond en aucune manière à ses qualifications académiques.

- Terminons notre travail, voulez-vous bien et assurons-nous que tous rentrent au bercail, ne peut que conclure Jim.

La vérification des dommages causés aux deux objectifs permet de confirmer la tangente prise par chacune des opérations. Autant les dommages subis par l'immeuble abritant le laboratoire sont élevés autant ceux du fief ennemi semblent superficiels. Les appareils arrivent enfin à l'héliport. La journée a été longue et éprouvante pour Jim et il a hâte de retrouver le confinement de ses locaux personnels où l'attend Isabella.

Déjà, aux petites heures du matin, le réseau interne de communication de la Cité de l'espace annonce la victoire de la veille contre ce que le Commandant appelle les forces de l'axe du mal. L'emphase est mise sur la participation active de la Cité de l'espace dans le bon déroulement des opérations et du rôle actif joué par son Commandant, tout en prenant grand soin de ne pas mentionner celui de Jim.

Devant la frustration d'Isabella, Jim lui rappelle que c'est ainsi que fonctionne l'armée et que, de toute manière, il aime beaucoup mieux rester dans l'ombre. Il ne l'informe pas des commentaires désobligeants de son Commandant pour ne pas l'exaspérer outre mesure. La liesse qui s'empare de la petite communauté est de courte durée puisqu'une rumeur relative à une attaque massive contre la Cité universitaire circule déjà en début de soirée parmi la population.

À mesure que les ouï-dire s'amplifient et que la situation sur terre empire, une forme de dépression généralisée s'installe dans la Cité de l'espace. Pour plusieurs, l'échec de l'aventure spatiale est désormais un constat. Le retour sur Terre constitue la seule alternative viable. L'apport d'adeptes au nouveau mouvement d'un retour sur terre ne cesse de croître depuis déjà un certain bout de temps. La chute imminente du dernier bastion du savoir humain ne fait qu'en accélérer les adhésions. Dorénavant, la raison d'être de chaque représentant de l'humanité devrait se concentrer sur la survie de l'espèce humaine. Tel est le fondement du mouvement dont l'ampleur se propage telle une trainée de poudre auprès de la population de l'espace.

Il reste bien quelques îlots recensés de regroupements civilisés et encore plus d'enclaves ignorées d'êtres normaux mais les possibilités de l'extinction de l'espèce sont telles que toute l'énergie disponible devrait être consacrée à sa préservation. C'est dans l'ordre des choses que sa conjointe Isabella se retrouve parmi les premiers instigateurs du mouvement. Jim ne s'en formalise pas puisque chacun a droit à ses opinions. Bien qu'elle ait essayé de le convaincre à plusieurs reprises, Isabella a finalement accepté sa neutralité. Ce n'est pas de sa faute, se dit-elle, si l'éducation qu'il a reçue inculque des valeurs qui restreignent l'expression d'une libre pensée.

Elle a peut-être raison, se dit Jim. Cependant, le rapport demandé par le Capitaine Lee sur la situation régnant dans la Cité devrait lui permettre de proposer une alternative acceptable. Elle pourrait convenir autant à son Commandant, dont l'intransigeance envers le statu quo lui semble quelque peu maladive, que pour ce mouvement de retour sur Terre, dont les aspirations lui semblent impossibles à réfréner. Il n'a pas chômé depuis le matin. Ses craintes relatives à une rébellion semblent fondées. Le nombre de citadins présentement sous les verrous cause une surpopulation carcérale. Cela ne prendrait qu'un incident pour que cette poudrière fasse tout exploser. La solution qu'il préconise réside dans la continuité opérationnelle de la Cité par les volontaires désirant y demeurer tout en permettant à ceux choisissant l'implantation sur Terre de réaliser leurs rêves. La Cité spatiale offrirait ainsi, en tout temps, une supervision aérienne permettant d'informer le nouvel établissement terrien des dangers imminents les menaçant tout en continuant sa vocation scientifique. La nouvelle communauté deviendrait le nouveau Centre de lancement et permettrait un échange régulier entre les deux entités autonomes. Le support du personnel de la Cité spatiale serait utile pour tenter de retrouver les enclaves humaines encore existantes et enfin pouvoir créer une union de toutes les forces civilisées. Les échanges entre communautés humaines seraient facilités par l'échange de technologies et de personnels grâce à la facilitation de transport qu'offre la navette spatiale.

Jim accompagnerait Isabella sur Terre. Il est au courant des dernières informations relatives aux Exclus transmises par la Cité universitaire. Le fait d'être, dorénavant, conscient du contrôle des forces belligérantes par des intelligences malintentionnées modifie grandement la perception des choses. L'élimination réussie des drogues de soumission alliée à un manque éventuel d'objectifs permettant le défoulement des Exclus ne pourra que mener à l'extermination éventuelle de ses leaders actuels. Ce n'est qu'une question de temps avant que les intelligences les guidant ne disparaissent à tout jamais. Que l'extinction de l'Homme soit le fruit d'humains normaux lui semblait encore, la semaine passée, impossible à imaginer. Dans l'avenir immédiat, le nouvel établissement terrien devrait demeurer secret car cela constituerait sa meilleure protection.

Les Élites cantonnés dans l'espace sont invités à participer à la réunion de l'état major pour faire le point sur la présente situation. Jim est surpris d'apprendre qu'Isabella fait partie des invités. En effet, sa réputation fort connue de rebelle aurait pu laisser croire que Richard Deryes empêcherait sa participation. La rejoignant, Jim prend soin de lui rappeler l'obligation de faire attention et, surtout, de garder le silence car la patience de son Commandant s'est montré très déficience depuis l'incident de Hans Kroll. Comprenant très bien la présente situation, elle le rassure en lui promettant de ne pas intervenir. Elle a pris connaissance du contenu du rapport que Jim doit soumettre. Par contre, elle ignore ce que Jim s'apprête à soumettre comme alternative à un refus catégorique de son Commandant.

Pénétrant dans la salle de conférence, Jim reste quelque peu surpris par la présence des forces d'intervention pendant qu'il prend place à la table des principaux intervenants. Un bref résumé des derniers évènements sur terre est donné par le Capitaine Lee. Le nombre d'Exclus autour de la Cité universitaire ne cesse de progresser et la destruction de son dôme de protection est imminente suite à leur récente incursion. Il remet la parole à Jim.

Distribuant une copie de son rapport afin que chacun présent puisse en prendre connaissance, Jim se dirige vers l'écran de projection. Un graphique y démontre le nombre d'adhérents au mouvement de retour sur Terre parmi la population en général suivi par le niveau d'approbation des différentes classes sociales de la Cité. Chacun prend conscience du support massif de la classe ouvrière et de la majorité plus ou moins forte des autres classes incluant même celle des militaires. Jim commence son exposé en faisant un bref résumé des deux principales visions avec les avantages et dangers que chaque option représente. Son exposé est bref et précis. Son ton est professionnel et la neutralité de ses propos ne peuvent être contestés. Isabella est fière de sa prestation. Elle se sait quelque peu biaisée mais elle s'est préparée mentalement à ne pas laisser son jugement se laisser influencer par ses sentiments. Jim en arrive au point crucial de son exposé. Il introduit la possibilité d'une troisième option qui pourrait constituer un compromis acceptable aux parties impliquées tout en ayant l'avantage de remédier à une situation des plus déplaisantes. Une image de la Terre démontrant les principaux endroits propices à l'implantation d'une future colonie apparait et Jim n'a pas le temps d'en arriver au développement de son alternative que le Commandant décrète son arrestation immédiate.

Guère décontenancé, Jim répond calmement par une résolution demandant un examen médical de la condition mentale du Commandant causant ainsi une brève hésitation chez les gardes qui s'apprêtent à le saisir. Isabella se lève pour annoncer son support à la motion et est rapidement suivie par les six autres Élites présents. La réaction du Commandant est violente et ne laisse place à aucune interprétation. Il décrète l'arrestation immédiate de ces contestataires et les condamne au confinement en cellule individuelle de travail à l'entretien extérieur de la Cité, pour une période de trente jours. Il n'a jamais vraiment fait confiance à ces Élites et il s'en est toujours méfié.

En moins de quinze minutes, les contestataires Élites se retrouvent à l'extérieur de la Cité prenant place dans l'enveloppe robotisée dont l'arrière est relié à une coquille de repos rattachée à la Cité par un boyau de survie. Ce dernier sert de cordon ombilical qui apporte les subsistances de base vitale ainsi que l'énergie requise à son bon fonctionnement tout en servant de canal de retour pour les déchets. Par égard pour un officier, les gardes qui amènent Jim le dirigent vers le secteur adjacent à celui d'Isabella. Certains d'entre eux ne savent plus quoi penser.

La nouvelle de l'arrestation des Élites et de la lourde sentence leur ayant été infligée fait le tour de la Cité de l'espace. L'arrestation d'Isabella se trouve être la principale cause de nouvelles perturbations. Cette perte de contrôle si crainte par Jim se matérialise. Une force réactionnaire se mobilise de manière impromptue et prend d'assaut la section réservée à l'incarcération cellulaire. Des tirs de fusils paralysants les accueillent à leur arrivée. La violence dégénère lorsque certains membres des forces de sécurité, refusant d'obéir aux ordres de tirer dans la foule, pointent leurs armes sur leurs semblables. La commotion causée se répercute dans toute la Cité et engendre un afflux de nouveaux supporters.

Avec l'apport des incarcérés maintenant libérés, l'émeute se transforme en une révolution. Les insurgés se dirigent vers la navette de transport pour se rendre sur Terre par leur propre moyen. La résistance des forces de l'ordre s'affaiblie graduellement sur le chemin menant au sas d'embarquement. Les premiers arrivés s'empressent de prendre place à bord. Ils se retrouvent rapidement confrontés au Commandant installé au poste de pilotage. C'est une ruade frénétique cherchant à s'échapper de la Cité spatiale qui les pousse vers le Commandant Richard Deryes.

Une peur immense apparait dans le visage de certains qui se retrouvent à l'avant-garde tandis que les yeux du Commandant semblent distants et indifférents. Un mouvement de panique se propage parmi les insurgés cherchant soudainement à rebrousser chemin pour sortir de la navette. Richard Deryes ne peut s'empêcher de se rappeler l'engagement pris lorsqu'il a accepté la responsabilité de perpétuer l'aventure humaine dans l'espace. Cela fait maintenant plus de vingt ans et personne ne pourra dire qu'il n'a pas respecté son serment d'office, se dit-il, pendant que son pouce presse calmement le contact de la bombe bien installée entre ses genoux.

Glacier Bay, Alaska le 26 juillet 2121

Quelle est douce cette simplicité de la vie comparée à la complexité de l'esprit, se dit Esiom suite à cette aventure incroyable. Ce sont les échos de l'arrivée des forces de secours qui sont responsables de l'abandon des hostilités par les agresseurs. Elle a beau tenter de les remercier de l'intervention rapide qui a mis fin à l'attaque, ce n'est que le témoignage du père qui se transmet et se propage à la vitesse d'une onde de choc jusqu'aux confins de la troupe. Le récit embelli de l'intervention de l'Aïeul et d'Esiom crée un tel engouement que la communauté au complet se retrouve autour des héros.

Esiom n'a pas fini de s'assurer que tout va bien pour la mère et l'enfant que les remerciements fusent de toutes parts. Toutes tentatives pour replacer les faits se retrouvent noyées dans l'excitation causée par la répression. Elle se laisse quelque peu enivrer par l'extase du moment mais perçoit rapidement une grande sensation d'humilité provenant de l'Aïeul. Il est vrai qu'il est facile d'être humble lorsque dans le fond on n'a rien fait de spécial, se dit-elle. Elle se surprend à percevoir un brin d'orgueil qui s'insinue momentanément chez Éon. Ce qu'elle ne réalise pas, c'est que cet orgueil passager de son protecteur est ressenti par fierté pour elle.

Invité à participer à une réunion impromptue du Conseil des Anciens, Éon permet à sa jeune protégée de profiter de la présence de ses amis. Elle réalise avec quelle facilité elle retrouve cet esprit de joie de vivre inné chez les jeunes. Les impressions de l'un, les sentiments de l'autre, leurs désirs, ambitions et espoirs lui étant perceptibles, elle s'efforce de ne pas s'y attarder outre mesure. Désormais conscientisée du peu d'importance de ces données passagères, elle n'en conserve que les aspects ayant une quelconque signification personnelle.

Ainsi, elle réalise que les jeunes ont perçu, chez les adultes, le désir de la réintégrer au sein de la meute. Ce qui la perturbe quelque peu consiste en cette vénération injustifiée que semble nourrir plusieurs de ses amis et connaissances à son égard. Elle oublie toutes tentatives d'analyses et se laisse transporter par la jeunesse. Pendant qu'Esiom s'amuse, la patience d'Éon est rapidement mise à l'épreuve par ces discussions futiles ne servant qu'à la glorification du locuteur. Profitant enfin d'une pause dans la conversation pour pouvoir s'évader de la tourmente qui le gagne, il profite du moment pour s'excuser de la discussion et prendre la direction de son ermitage à l'arrière du troupeau. Esiom le rejoint tel que le veut la tradition. La nuit se présentant, ils profitent à nouveau de son univers étoilé pour contempler la beauté qui s'offre à eux. Après une certaine période de méditation, Esiom entame la communication.

- Mais, quelle est l'origine de l'univers?

- Depuis le début des temps que la question est posée et que la réponse facile consiste à dire, qu'à l'origine, l'univers fut créé par Dieu ou un Être supérieur quelconque, répond Éon.

- Alors quelle est donc l'origine de Dieu? S'enquiert Esiom

- Encore là, il est facile de donner comme réponse que depuis le début des temps c'est en Lui que se situe le mystère de la Création.

- Autant dire que personne ne le sait vraiment, constate Esiom.

- Une chose est certaine. L'univers existe car nous le constatons. Je crois que l'étendue de sa réalisation dépend du niveau de perception de l'être devant sa manifestation. Pour certaines espèces, l'univers n'est constitué que par la noirceur retrouvée dans les profondeurs de l'océan, pour d'autres la hauteur de la nature de l'environnement les entourant tandis que plusieurs perçoivent leur contexte de vie du haut des airs, résume Éon.

S'évadant en elle-même, Esiom juge que la notion mérite de s'y attarder. Une certaine suite logique de raisonnements occupe ainsi son esprit. Sans la reconnaissance de son existence par la Pensée, l'Univers n'est que Néant. Ainsi, le Néant existant et la Pensée en devenir, ce positif temporel attiré par son négatif immatériel sont donc à l'origine de la réalisation universelle constituant le vide cosmique. De leur simple contact, émane la manifestation de l'inconscience de chacune. De son union, la réalisation du premier élément fondamental de la Matière apparait. C'est le Temps qui permettra la création infinie de ces éléments fondamentaux dont l'amalgame implose sur lui-même afin de permettre à la Lumière de se manifester et à l'univers de se réaliser. L'expansion cosmique en résultant crée une multitude de mondes dont certains permettront à d'infinies formes de vie d'apparaitre. De ces infinies formes de vie, la Pensée émane pour permettre enfin à son univers d'exister.

En Principe donc, du Néant nait la Matière dont la Lumière engendre la Pensée avec le Temps. De même en Principe, de la Pensée nait la Lumière dont le Temps avec la Matière engendrera le Néant. Tel est donc le cycle de l'Univers, son début et sa fin, son terme et son moyen.

Épuisée, la jeune Esiom revient enfin de son voyage pensoriel. Elle perçoit, chez son maître, une forme de soulagement. Se serait-il ennuyé d'elle?

- Pas vraiment, mais ton voyage a perduré assez longtemps. Tu devrais faire plus attention car tu te retrouves en position nue et sans défense lorsque tu t'évades ainsi en toi. Pour l'instant, il n'y a pas de danger mais je ne serai pas toujours à tes cotés si une menace se présentait, l'avertit l'Aïeul.

Esiom en vient à la conclusion que le corps ne constitue qu'un des véhicules permettant à la Pensée de se manifester pleinement. La réalité universelle et le manifeste spirituel constituent ainsi les deux composantes originelles de l'Univers. Enfin libérée de cette contrainte intellectuelle, elle peut passer à autres choses. Le moment de sa réinsertion approche puisque son intégration en Éon est désormais accomplie et que la migration arrive à terme. Le problème pour Esiom se situe à choisir vers quel Orb elle dirigera son choix. Sa décision est désormais prise. Elle a pris grand soin d'empêcher Éon d'avoir accès à l'option qu'elle a choisie. C'est sa douzième migration et, désormais, elle est rendue d'âge adulte. De toute façon, l'Aïeul, n'a aucunement cherché à savoir en quoi consiste son choix. Elle n'a pas à demander à Éon s'il veut bien l'accompagner pour la cérémonie d'insertion car juste le fait d'en douter l'aurait insulté.

Laissant transpirer sa fierté, la détermination et le sérieux démontré par l'Aïeul contrastent avec la jovialité et l'excitation d'Esiom alors qu'ils se rendent pour participer à la réunion du Conseil. Un regroupement de jeunes suivis de quelques adultes qui les rejoint juste avant l'arrivée cause un certain tumulte parmi l'assistance.

Le calme finalement revenu, les déclarations d'usage s'éternisent et Esiom peut enfin informer le Conseil de sa récente décision de créer un nouvel Orb. En se retournant vers Éon, elle le supplie mentalement de bien vouloir la suivre dans sa nouvelle quête tandis que sa courte déclaration stipulant son choix est absorbée par la foule. Elle lui ouvre grand l'accès à son esprit ce qui lui permet de prendre connaissance des objectifs et des moyens qu'elle entrevoit utiliser pour y parvenir. Devant les objections qui fusent de toutes parts et ce tintamarre de cliquetis, sifflets et claquements émis par les baleines présentes, Esiom demeure stoïque.

L'avance d'Enomis vers le centre du regroupement tranquillise la foule. À sa demande de faire connaitre ses intentions, c'est par transfert mental qu'Esiom rejoint l'esprit de chaque individu s'y trouvant en leurs transmettant les mêmes données dont vient de prendre connaissance Éon. Elle n'a rien à cacher. La confusion semée par sa transmission mentale est totale.

Pendant que la foule réunie prend connaissance de l'avènement, c'est de gaieté de cœur que les deux acolytes s'en retournent vers l'arrière. Éon ne peut s'empêcher de laisser entrevoir à Esiom sa surprise devant la grande témérité dont elle vient de faire preuve. Sincèrement, il n'aurait jamais pu imaginer qu'une telle approche puisse être utilisée pour diffuser mentalement et de manière simultanée, à chaque individu d'un groupe, un message d'une telle complexité. Quand à l'objectif qu'elle veut atteindre, c'est avec empressement qu'il désire y participer. Le fait que le nouvel Orb soit constitué d'une vingtaine d'individus lui convient très bien.

Éon trouve qu'une demi-douzaine de jeunes d'âge d'intégration est élevé car il manquera d'adultes pour les guider. Questionnement auquel Esiom répond en l'informant qu'ils les formeront tous en même temps durant la quête. Idée qu'Éon s'empresse de rejeter catégoriquement. Esiom lui transmet, alors, une sensation de grande confiance en ses capacités d'éducateur et en cette sagesse innée qui l'anime. Il constitue, à sa connaissance, le seul à

118

pouvoir mener à terme l'intégration nécessaire au plein épanouissement mental de chacun. De toute façon, l'intégration se fera en groupe et chacun se rendra là où ses capacités mentales le mèneront.

C'est la réalisation du véritable défi constitué par un retour aux sources qui les anime au plus haut degré. Quelques soient les conclusions des tergiversations entreprises par les membres du Conseil, Esiom et Éon iront de l'avant car l'esprit d'aventures et de découvertes existe en chaque être. Ce seront les plus hardis qui offriront leurs services. Ils profiteront d'une lunaison pour absorber la nourriture si abondante des présents lieux dans le but de se refaire une santé. L'Aïeul et sa protégée pourront profiter de cette période pour filtrer les candidats désirant faire partie du nouvel Orb.

Les opinions de chacun, suite au départ précipité des protagonistes, se font entendre parmi la troupe réunie. Les tractations perdurent jusque tard dans la soirée avant que, finalement, un consensus se dégage et rallie l'opinion de la majorité. Ce sera ces mêmes représentants des Anciens, ayant préalablement intervenu auprès des intimés, qui sont mandatés pour faire connaitre au duo les conclusions du Comité. Ils se rendront les rencontrer dès le lendemain matin.

Rapidement lassés d'entendre les discussions d'adultes menant nulle part, certains jeunes délaissent l'attroupement pour rejoindre Esiom. Tout en prenant soin de démontrer le respect requis à la présence d'Éon, les jeunes prennent place en l'espace sidéral du duo. Esiom prend conscience du questionnement relatif au mode de transmission de la pensée qu'elle a utilisé pour informer la communauté de ses intentions. Elle leurs fait part du cheminement lui ayant permis d'atteindre le niveau de conscientisation permettant cette communication pensorielle et du rôle joué par Éon vers l'obtention de son élévation cérébrale. Elle leurs transmet la sensation ressentie lors de son expérience tout en énumérant les principales étapes requises pour arriver à ce qu'elle définie comme l'élévation.

L'information complexe à absorber les laissant quelque peu pantois, elle se détache d'Éon et entreprend de rendre la situation moins sérieuse par des cabrioles menant à des jeux auxquels les jeunes s'empressent de participer. La gaieté et la joie de vivre remplacent instantanément le sérieux de la situation. Esiom ne peut s'empêcher de ressentir le désir retenu de l'Aïeul de participer aux culbutes et, c'est avec humour, qu'elle l'informe mentalement du danger que sa stature imposante représente pour leur sécurité physique. Le vieil Éon lui répond par un sourire.

Tel que décrété par le Conseil, la délégation d'Anciens, menée par Enomis, informe Esiom et Éon des décisions de la veille. C'est sans surprise, que le duo prend connaissance des conditions d'acceptation pour la création du nouvel Orb. La patience d'Éon est rudement mise à l'épreuve durant la longue litanie de revendications ne faisant que reprendre les clarifications transmises par Esiom la veille.

Sa protégée lui fait part de sa grande fierté face à cette démonstration de contenance. Il lui répond par un grognement intérieur qui semble vouloir s'échapper de son œil droit qui se déplace subitement dans sa direction pour mieux la foudroyer. La platitude de la rencontre s'égaye quelque peu lorsque, ayant terminé ses énumérations, Enomis demande des éclaircissements relatifs au mode de transmission mentale que la jeune a utilisé pour faire connaitre ses intentions. Le questionnement sur le procédé de communication étant généralisé parmi les éléments de la troupe, des réponses seraient appréciées.

Éon prend plaisir à expliquer que cette capacité est sans doute innée chez l'espèce et qu'en son développement, réside la raison de la demande d'Esiom pour une si grande proportion de jeunes souhaitée devant faire partie du nouvel Orb. Il les informe de la rapidité avec laquelle Esiom a réussi cette élévation en elle-même comparativement à l'ermitage d'une dizaine d'années qui lui fut requises avant d'atteindre une capacité de communication similaire. Éon annonce à ses interlocuteurs qu'Esiom profitera de la quête pour tenter de faire cheminer les capacités mentales des adultes tandis que lui se concentrera sur l'intégration des jeunes.

Pendant qu'Éon discute avec les émissaires, Esiom effleure poliment l'esprit des intervenants. Elle n'est pas surprise par leur ignorance de l'élévation en leur subconscient. Son intrusion lui apprend que certains parmi l'auditoire d'hier se sont plaints de ne pas avoir reçu son message mental. Elle en déduit donc qu'afin de pouvoir recevoir des données, l'attention d'un individu doit être dirigée vers le transmetteur. Ce n'est que le commencement des compréhensions des possibilités mais aussi des limites du phénomène d'élévation.

La conversation terminée, la délégation n'a pas le temps de disparaitre à l'horizon que des prospects se proposent déjà pour rejoindre le nouvel Orb. Par la fin de la journée, c'est plus d'une trentaine d'entre eux qui se présentent. Il n'y a pas urgence puisque la quête ne commencera qu'à la prochaine lunaison. Cette période permettra à chacun de reprendre une condition et forme physique hypothéquées par le long trajet parcouru durant la dernière migration. D'ici là, une sélection naturelle basée sur des sensations, impressions, compatibilités, affinités et affections diminuera le nombre de prétendants tandis que d'autres s'ajouteront. Ce ne sera qu'à la toute fin que des critères de sélection seront appliqués dans le choix des derniers membres. Critères déjà établis qui guideront les implications émotives des deux protagonistes afin de ne pas propager inutilement de faux espoirs.

Une semaine a déjà passé depuis leur annonce surprise. Esiom en a profité pour reprendre des forces, se reposer, se gaver et, surtout, s'amuser. Parmi les jeunes de son âge qui ont suivi leur intégration durant la dernière migration, trois ont refusé de choisir un Orb lors de la récente cérémonie. Elle les connait bien. Il y a Nosmas le Monstre, Divad le Sang-froid et Ehtur l'Intello. Ensemble, ils formaient tout un quatuor de déplacements plus ou moins appropriés durant leur jeunesse...

- D'il n'y a pas si longtemps de cela en fait, lui fait candidement remarquer Éon après avoir intercepté sa pensée.

Feignant l'ignorer, elle poursuit sa réflexion en lui faisant voir Nosmas, le Monstre, qui ne cherche qu'à se battre et à tenter d'assouvir les plus faibles. Il n'est doté d'aucune malice, si ce n'est que pour faire une partie de Gentils et Méchants. En réalité, il est un gros nounours. Combien de fois sa seule immense présence les a rassurés lors des moments de pleines délinquances.

Que dire de Divad, surnommé Sang-froid, qui est imperturbable, rusé et hardi. Il est surtout doté d'un courage égal à cette sagesse qui ne l'empêchera pas de faire face aux plus grands défis. Sa petite taille lui rappelle sans cesse l'importance de bien se servir de son intelligence. Son esprit imaginatif et créatif apporte une vision différente des choses.

Quand à elle, Ehtur l'Intello cette grande amie de toujours d'Esiom, est posée, calme et rassurante. Elle les rappelle à l'ordre lorsque le groupe dépasse les limites et s'interpose comme arbitre lors de leurs prises de bec. Elle est aussi capable de tenir son bout, de s'entêter à vouloir avoir raison et, surtout, d'avoir raison plus souvent qu'à son tour.

De son coté, Éon lui transmet les souvenirs de Bocaj, de quelques mois son cadet, et du vieux couple Imoan et son conjoint Lëarsi. Chacun ne peut que constater la pertinence des premiers prospects présentés par l'autre. Issus, comme Éon, de la deuxième génération, ceux présentés par l'Aïeul représenteront une force de défense éprouvée lors du passage de la quête en territoires inconnus. La réputation de Bocaj, ce vieux garçon qui, suite au décès prématuré de son premier amour lors d'une grossesse tardive, a consacré sa vie à protéger ses semblables en démontrant, lors de chaque attaque contre les éléments faibles de la troupe, une férocité à toute épreuve. Quand au vieux couple, il remercie le ciel de la venue, plus que tardive, de leur fils Nosmas. Il constitue leur seul raison de vivre avec Esiom, bien entendu, qu'ils considèrent comme leur fille.

En effet, le couple âgé accompagnait les parents naturels d'Esiom, à l'arrière de la troupe, les mères sur le point d'accoucher, lorsqu'une harde de loups sauvages, ces orques appréciant la viande d'autres mammifères, les chargea subitement. Les jeunes parents d'Esiom étant de troisième génération, leur physique diminué constituait une invitation à un bon repas. Pris par surprise, son père décède dès la première attaque sournoise avant même que le vieux couple n'intervienne. Sa mère gravement atteinte succombera à ses blessures après l'accouchement provoqué. L'intensité de l'intervention précipitera l'arrivée de Nosmas. Imoan deviendra la nourrice de la jeune Esiom, Lĕarsi son père adoptif et le Monstre son frère de lait.

Il est décidé qu'Éon utilise le temps qu'il reste avant leur départ pour tenter d'initier les premiers choisis au mode de communication pensoriel menant à l'élévation. La brève tentative constituera un premier test de faisabilité. Un nouveau défi pour Éon. De nouvelles compréhensions du phénomène en devenir pour Esiom. L'expérience visant à initier les six premiers aspirants s'avère quelque peu désolante. La concentration n'est tout simplement pas au rendez-vous. Excités, les plus jeunes n'ont d'attention que pour l'amusement tandis que l'occupation première du trio des plus sages consiste à répondre au besoin primaire de leur corps en récupération de protéines manquantes. Heureusement pour tous que la pêche miraculeuse annuelle est au rendez-vous. Après quelques tentatives futiles, Éon et sa protégée prennent la décision de remettre à plus tard l'initiative hâtive d'apprentissage vers l'élévation. L'étude du phénomène se fera en temps et lieu car, après tout, il n'y a pas le feu. De toute manière, ils ont d'autres obligations à satisfaire. La sélection des six jeunes restant à choisir incombera à Esiom tandis qu'Éon s'occupera de la sélection des adultes.

Une complication survient lorsque le couple impliqué avec leur nouveau-né lors de la dernière attaque se présente. Il n'était pas dans les intentions du duo d'inclure un nourrisson dans le nouvel Orb, mais une des jeunes aspirantes à la prochaine introduction s'adonne à être la fille âgée du couple. Deux autres bébés du couple sont décédés dans l'intervalle, l'un à la mise bas et l'autre à l'âge de deux ans. L'attrait que représente la venue d'une famille complète est certes intéressant. Sondant le couple, Éon ressent le puissant instinct parental qui guide leur démarche mais aussi leur fort esprit d'aventure. L'excitation qu'ils ressentent à la possibilité de participer à la quête lui est aisément palpable. Ce qu'il apprécie vraiment le plus, c'est leur acceptation résignée face à un refus éventuel tout en espérant, malgré tout, que leur fille puisse faire partie de l'expédition.

Transmettant sa perception à Esiom, elle se réserve le temps pour y penser. Certes Arhpihcs, leur fille, est l'une de ses favorites. Le fait qu'une approche familiale représente un aspect appréciable la titille également. Mais cette présence d'un nourrisson constitue tout de même un inconvénient. Elle approche de la mère et de son rejeton et prend contact avec l'esprit du jeune bébé. Quelle n'est pas sa surprise lorsqu'elle perçoit qu'il lui transmet mentalement la satisfaction de la revoir. La pensée communicative est donc une fonction innée chez l'espèce. Une nouvelle donnée se rajoute à son étude du phénomène.

La participation de la famille réunie est décidée. Issus de la troisième génération, leurs physiques sont quelque peu diminués. Par contre, cette petite lacune d'Enna, la mère, et de Noraa, le père, est compensée dans une certaine mesure par la fougue et l'énergie de la fleur de l'âge que dégage leur jeune trentaine de migrations. Ils ont prouvé leur capacité à tenir tête à plus puissants qu'eux. Éon et Esiom prennent également la décision d'intégrer à leur Orb un jeune couple de quatrième génération, âgé de moins d'une vingtaine de migrations. Le couple est doté d'une constitution aussi frêle que celle d'Esiom et la conjointe, Eiram se trouve en début de gestation.

Cette décision permettra au nouvel Orb d'être parmi les premiers témoins des modifications physiques et mentales qu'apportera la prochaine génération. Ce ne sera que dans treize lunes.

Un dernier couple de troisième génération constitue l'apport final en adultes de la prochaine quête. Cinq autres jeunes de quatrième génération compléteront, avec l'assentiment des parents, l'élément jeunesse du groupe. Le départ est fixé au lendemain afin de permettre à chacun de dire au revoir à ses proches. La quête durera quatre lunaisons avant de réintégrer la communauté à temps pour le prochain voyage de retour.

Cité universitaire, le 10 octobre 2046

De par les critères de sélection génétique utilisés pour sa conception, Simon bénéficie de cheveux bruns frisottés qui ne cherchent qu'à se rebeller contre l'ordre des choses et d'une peau qui devient d'un hâle foncé à la moindre apparition du soleil. Il est doté d'un front déterminé et de sourcils questionneurs surplombant des yeux pers qui obéissent à ses changements d'humeur. Ses lèvres, quand à elles, dénotent une sensualité dont certaines ne cherchent qu'à abuser. Elles contrastent avec cette carrure de la mâchoire dotée d'un menton déterminé et surmonté de joues quelque peu boursouflées. Le tout donne, en fin de compte, à son visage cet air que plusieurs pourrait décrire comme étant bon enfant. Le contraste qu'apportent ses deux mètres de hauteur, sa musculature développée ainsi que son poids équilibré est des plus apparents. Il aurait facilement réussi dans la plupart des sports.

Cherchant à se changer les idées, Simon est occupé à jouer aux échecs dans la petite cuisine avec son frère d'adoption Patrick. À son tour de jouer, Simon réfléchit. Malgré la tentative de camouflage utilisée par son frère, Simon réalise très bien que son frangin, de deux ans son cadet, est en état d'Élation.

L'Élation est cette condition qui s'apparente beaucoup à ce que plusieurs ont témoigné avoir constatée suite à un quelconque traumatisme. C'est un état de dédoublement de l'Être. Les témoignages de ceux ayant vécu cette condition se rejoignent autour d'une expérience, dite parapsychologique, qui provient d'un état second survenu suite à une perte de conscience, un coma ou lors d'un début de sommeil en état de semi-conscience. L'esprit se voit alors être séparé de son enveloppe corporelle par son élévation au-dessus de son corps prenant ainsi conscience de son environnement immédiat par un survol psychique de sa situation.

Une technique à été développée au début des années vingt permettant de rejoindre, de façon volontaire, une séparation spirituelle similaire. Cela consiste en une élévation des facultés conscientes que l'on projette en suspension éthérée hors de l'enveloppe corporelle. Les interférences électrochimiques que produit l'inconscient dans sa gestion instinctive des fonctions corporelles sont ainsi neutralisées.

Aujourd'hui, la grande majorité des Élites en maitrisent parfaitement le fonctionnement en mode éveillé. L'approche pédagogique pour atteindre son apprentissage est répartie en cinq étapes prédéfinies. Son introduction commence dès l'âge de six ans à raison de séances journalières d'une durée de deux heures. La maîtrise de l'Élation survient pour la plupart vers l'adolescence. Conscient de l'avantage que procure son utilisation, Simon ne se préoccupe pas de la condition psychique particulière de son frère et joue son coup. Le fait que Patrick utilise un tel subterfuge, afin de tenter de le battre, l'honore.

Sa mère est en train de finir de ranger la cuisine. Ses demi-sœurs cadettes et son père sont occupés, dans le salon, à prendre connaissance des derniers rebondissements se produisant hors de la Cité. Chacun, à l'intérieur de l'enceinte, tente de se tenir occupé durant l'attente de l'inévitable attaque qui se prépare en dehors des murs. Les rapports stipulent que près d'un demi-million d'Exclus campent à l'extérieur. La Cité se retrouve entourée par une nuée de campements de toutes sortes et de feux illuminant la nuit à perte de vue. La vision qui s'en dégage rappelle les sièges des temps médiévaux.

L'inévitable alarme retentit. Se levant pour y répondre, Simon est surpris par le passage en trombe de son père qui se dirige vers son lieu d'entreposage favori pour en ressortir aussitôt les bras pleins. Il laisse tomber trois tenues vestimentaires datant d'un autre âge. Patrick repousse du pied l'empilage et se retrouve face à face avec son père dont le visage traduit une détermination indiscutable. Repoussé vers l'arrière par le paternel, il reste quelque peu figé sur place le temps que ce dernier se penche et lui lance une veste. Il en dirige une autre vers Simon pour enfiler la troisième. D'un ton déterminé ne laissant aucune place au questionnement, il dit :

- Tenez les gars, on en a tous une.

Aucunement impressionné Patrick laisse tomber l'étrange veste au pied du paternel.

- Aie le père! Je refuse de porter cette relique, répond-il en faisant montre d'un manque de respect qui agresse l'ouïe de Simon.

- Écoutez les enfants, il n'y a pas de temps à perdre et pensez à la peine de votre mère si un accident vous arrivait. Je peux vous assurer que le fait d'avoir porté une telle veste m'a sauvé la vie lors de la dernière attaque, tonne la voix du père en indiquant ainsi à son fils récalcitrant qu'il ne plierait pas.

Simon découvre une nouvelle facette de la personnalité de son père. Il ne se doutait pas qu'il puisse faire montre d'une telle détermination. Décidant de mettre un terme à l'argumentation entre père et fils, Simon décide d'intervenir.

- Attends donc Patrick qu'on en examine au moins l'efficacité, tranche Simon qui se penche et enfile la veste.

Il est surpris de réaliser qu'elle n'empêche en aucune manière ses mouvements. Patrick se penche et ramasse la sienne. Embrassant leurs proches, les trois hommes se dirigent vers le poste de défense attribué à chacun. Simon ne réalise pas que ce sera la dernière fois qu'il verra sa famille de son vivant.

Sa classe d'Élite est mandatée pour défendre le périmètre Sud-ouest de la Cité. Simon connaît bien le schéma de défense de la ville et sait pertinemment que les défenses extérieures viennent donc de s'écrouler puisque les forces de réserve ont été appelées. Ce n'était, de toute façon, qu'une question de temps. Il emprunte le couloir mobile externe ce qui lui permettra d'atteindre plus rapidement le secteur confié aux survivants de sa classe de graduation. Une brusque et violente rafale de vent, accompagnée d'une pluie aveuglante, l'accueille au passage du couloir rapide dans cette courte section du trajet exposée aux intempéries. Le jeune sourit même si personne ne peut distinguer ses traits dans la noirceur environnante. Il pense à l'inconfort qui règne parmi les Exclus exposés aux éléments.

Les dernières analyses viennent de découvrir une incapacité reproductive chez les Exclus mâles étudiés. Il reste à établir si le manque de vitalité des spermatozoïdes provient de la consommation de la drogue de soumission ou d'un effet secondaire encore insoupçonné de l'anormalité génétique. L'accoutumance et l'accessibilité à cette drogue chimique alliées à la distribution de cannabis peuvent être considérées comme les grandes responsables du regroupement actuel des Exclus. Simon s'attend à ce que l'élimination réussie de la provenance de la drogue chimique, comme solution au présent dilemme, donne des résultats concrets sous peu. En quelques jours, les Exclus devraient s'entretuer entre eux et cesser toute obéissance envers ceux qui exploitent leur déviance génétique. Combien de réserve pharmacologique possède donc ces inconnus responsables de la présente situation. Le jeune Élite éprouve encore une certaine difficulté à accepter le revers subi par les forces de la Cité qui cherchaient à éliminer le haut lieu décisionnel ennemi. Il s'en tient responsable malgré le fait que Jim ait tenté de le rassurer lors de leur dernière conversation. La population de l'espace savait, près de trois heures avant le décollage, qu'une opération se préparait. L'information serait-elle parvenue à temps pour permettre aux dirigeants ennemis de se préparer?

Simon utilise la voie de sortie appropriée et ralentit graduellement jusqu'à atteindre la vitesse de marche rapide qui est coutumière aux stations. Il prend le couloir descendant menant aux emplacements de défense. La faible circulation des voies rapides fait place rapidement à une cohue inimaginable de personnes dont plusieurs sont déjà équipées d'armes de toutes sortes. Malgré l'accoutrement spécial que porte Simon, personne ne semble porter attention à son apparence. Tous sont donc préoccupés. Simon est bien conscient de l'utilité potentielle de sa tenue. Ce n'est donc pas aujourd'hui qu'il va déplaire à son père et les gens peuvent bien en penser ce qu'ils veulent. L'Élite connait l'importance stratégique des trois postes de défense de l'emplacement Sud-ouest de la Cité universitaire que lui et ses compagnons de classe se doivent de défendre. On l'a déjà renseigné sur les fortes concentrations de troupe ennemies qui y sont rapportées.

Tel qu'enseigné depuis sa tendre enfance, Simon approche de son poste désigné et éveille en lui ses sens un à un tel que pratiqué des milliers de fois. Deux techniques sont utilisées pour rejoindre l'état d'esprit que procure l'Élation. L'une, musculaire, consiste en l'utilisation de la contraction et rétraction graduelle des muscles. Elle ne peut être réalisée que lorsqu'au repos et représente celle qui est maîtrisée par la majorité de ses pairs. L'autre, sensuelle, n'est réussie que par une minorité d'Élites et peut être employée en toutes situations.

Pour atteindre l'Élation, les cinq sens doivent être stimulés de manière simultanée. Simon commence par se frotter vigoureusement les mains l'une dans l'autre pour les diriger ensuite vers son cou suivi du visage dont le massage vif en stimule la chaleur. Finalement, elles atteignent le cuir chevelu dont le grattement entraîne un apport de l'influx sanguin. Pour son ouïe, il recherche la captation de sons infimes tout en séparant la source des différents bruits de l'entourage autant lointain qu'immédiat. Sa vision est stimulée par la contraction et rétraction de son focus à la recherche d'infimes détails. Son odorat s'excite par les odeurs singulières en isolant les grossières de leur provenance. Finalement, son goût se retrouve stimulé par les subtilités que les papilles de sa langue cherchent dans sa bouche ou encore dans l'air ambiant. C'est lorsque ses mains massent son cuir chevelu que la simultanéité des multiples excitations de ses sens atteint son apogée et qu'il réussit enfin à rejoindre ce niveau de vide conscient requis à la manifestation de l'état de méditation. Simon se rend compte de l'assèchement de sa bouche causé par un surplus d'adrénaline qui provient de son présent degré d'excitation. Il ne tente pas de le combattre et se contente d'y déposer un chewing-gum qui génère une consécration de sapidité. Il atteint facilement la néantitude de son conscient et tel que prescrit ne s'y complait pas. Maintenant apte à entreprendre l'élévation de son esprit au-dessus de sa présente néantitude consciente, il peut rapidement rejoindre le niveau de transcendance préalable à la prochaine étape. Phase qui lui nécessite une attention particulière. Freinant sa démarche causée par sa recherche du maintien en son esprit de la pensée, il y arrive en peu de temps. Éliminant toutes sources internes d'interférences, il s'isole du monde extérieur et ferme les yeux afin de mieux rejoindre un état de complète béatitude. Lorsqu'il les ouvre, il recommence bientôt à circuler tout en bénéficiant de cette impression de flotter causée par l'Élation. La conclusion de sa démarche personnelle est ainsi confirmée.

Simon arrive à la section Sud-ouest de défense en parfait état de contrôle de ses capacités physiques et psychiques. Il pénètre par le sas d'entrée. Le dôme de protection est en biocarbone dont la solidité est amplifiée par un bio-générateur moléculaire qui permet à sa surface de s'auto-régénérer. Déjà le système de tirs automatiques, qui est contrôlé par un ordinateur répondant aux données en provenance des capteurs de mouvements et de chaleurs corporelles, est en pleine opération. Par la fréquence ininterrompue des tirs, Simon réalise l'ampleur de l'offensive ennemie et la boucherie qui en résulte parmi les forces des Exclus. Gérés par dix-huit Élites, les trois postes de défense maintiennent en échec une force plus de mille fois supérieure en nombre.

Simon effectue une brève tournée de vérification et en profite pour saluer ses amis de toujours. Josiane le reçoit en lui lançant un regard empreint d'humour comme si elle venait juste d'entendre une répartie comique. Son sourire en coin semble vouloir le narguer. Une drôle de sensation envahit l'Élite. Il place le casque de visionnement et se met à en manipuler les touches appropriées afin de vérifier la source de son appréhension. Certaines sections de l'ennemi sont munies de tenues anti-détection. Il lance un appel généralisé pour informer tous les postes de défense de ce fait nouveau. Que les Exclus aient réussi à dénicher un tel équipement et qu'ils soient en mesure de s'en servir à bon escient est pour le moins surprenant. Ce manque de détection est sans doute la principale cause de la chute du périmètre de défense extérieur.

Le ciel s'éclaircit d'une lueur artificielle causée par la forte luminescence des fusées éclairantes et les forces de défense passent au mode de combat visuel et chaque Élite prend contrôle d'une partie du système de tirs automatiques. Rapidement, c'est la grande partie des tenues anti-détection qui git au sol. Cette vision apocalyptique de la situation des Exclus apparait dans toute son atrocité. La progression des forces ennemies est stoppée. Les pertes infligées à l'ennemi sont inimaginables.

C'est dans un silence presque religieux que les six Élites du poste de défense de Simon fonctionnent en état d'Élation. Il en est de même des deux postes adjacents au sien gérés par ses autres confrères de classe. Se connaissant depuis la tendre enfance, c'est plus par les regards, les gestes, les positions, les attitudes et les comportements que par la simple parole qu'ils communiquent entre eux. Le seul bruit qui peuple le silence provient des éclats de projectiles qui heurtent la paroi extérieure du dôme en produisant un clappement saccadé. Une forte détonation cause une réaction simultanée des Élites et chacun tourne le regard vers le point d'impact sur le dôme. L'utilisation inattendue de projectiles à forte pénétration par les Exclus crée une nouvelle interrogation chez Simon. Heureusement, le dôme est auto-régénérateur. La fin des tirs sur le dôme démontre que les forces ennemies ont pris conscience de l'inaptitude de leur dernière tentative de pénétration. Une simple panne ou bris du bio-générateur, placé sous la protection de sa classe d'Élites, pourrait s'avérer catastrophique.

Simon profite de l'accalmie pour approfondir les multiples implications de ses derniers constats. L'utilisation de boucliers anti-détection d'une façon militairement appropriée et la récente tentative de percer la protection du dôme lui causent encore plus d'interrogations. Cela crée une angoisse profonde chez le jeune Élite. Simon réalise l'importance de se départir de ses idées noires. Libéré, il se recentre sur l'importance du moment présent. Un nouveau pressentiment se présente en lui.

Le malaise de Simon se propage autour de lui et Josiane réagit en vérifiant les capteurs aériens tandis que Tom prend connaissance des données sous-terraines. L'alarme est immédiatement déclenchée. Tom vient de réaliser qu'il n'est plus en mesure de consulter les capteurs placés dans les conduits souterrains. La découverte, par l'Élite, d'une possible intrusion de l'ennemi n'est pas assez rapide pour empêcher le carnage qui suit.

Simultanément au son de l'alerte, une forte quantité d'Exclus émergent de multiples bouches d'aérations et d'égouts. Les premières pertes sont enregistrées chez les Élites. Josiane s'écrase instantanément et son corps glisse aux pieds de Simon. Un air étrange semble avoir figé ses lèvres. Il ne peut s'empêcher de remarquer une blessure à la tête. Il lui semble qu'une balle n'a peut-être qu'effleuré son crâne. Malgré sa formation, Simon a une grande difficulté à se maintenir en état d'Élation. Josiane fait partie de sa vie et celle de Jim depuis leur enfance. Elle est une amie loyale, une merveilleuse maitresse et surtout une grande confidente pour Simon. L'Élite reprend contrôle de lui-même et surmonte l'irrémédiable de la situation. Il chasse toute tentative par son conscient de s'immiscer en lui. Sa profonde tristesse le submerge tandis que les tirs automatiques reprennent à l'extérieur pour répondre à la nouvelle offensive ennemie. De nouveaux projectiles de Biocarbone percutent les parois du dôme tandis que les balles sifflent aux oreilles de Simon qui actionne les charges explosives souterraines. Dorénavant les insurgeants sont coupés de l'extérieur.

Le moment de surprise passé, les Élites ripostent de façon concertée à l'intrusion. Se situant à plus de vingt contre un, la disproportion des forces en présence devra être compensée par l'homogénéité et les capacités d'intervention supérieures des jeunes Élites. L'utilisation efficace d'armes à feu par les Exclus et le manque de protection des Élites compliquent la situation des quelques défenseurs sur place. Leur nombre décroissant ne peut pas tout simplement répondre à la menace. C'est un par un qu'ils succombent aux tirs ennemis. La ruée des forces antagonistes semble provenir de partout à la fois. Simon perçoit que Philip s'écrase à ses côtés. Un trou béant remplace le derrière de sa tête. Il en rejette l'image de son esprit. Pour Simon, c'en est presque trop. Les notions de la vie temporelle sont refoulées hors de lui.

Ce court instant d'inattention aurait dû lui coûter la vie. Il est projeté par terre suite à un impact de balle en pleine poitrine. Il se relève sain et sauf sauvé par la combinaison de son père. D'autres confrères de sa classe de graduation n'ont pas cette chance. C'est sans merci que les combats s'éternisent. Simon se sert de l'Élation afin de modérer sa vitesse de visionnement et d'élever son niveau de perception à près d'un mètre au-dessus de son corps. Il devient alors un automate de destruction. Son efficacité quintuple soudainement. Toutes ses capacités sont dorénavant concentrées sur la tuerie qu'il se doit d'effectuer tout en protégeant, en premier lieu, cette enveloppe fragile que constitue son corps. L'instinct animal sait se défendre tandis que l'esprit ne se concentre que sur sa principale préoccupation.

Une certaine compréhension de l'objectif ennemi tente de s'infiltrer en lui. Il ne peut rien y faire et continue son œuvre de destruction. Les explosifs placés par les Exclus pour détruire le générateur détonnent en éliminant une trentaine de combattants ennemis de même que les derniers survivants du poste adjacent à l'explosion. Leur tâche principale désormais accomplie, les survivants submergent le poste de défense de Simon.

Puisque la lutte est réduite au corps à corps, Simon diminue son cercle de perception à moins de deux mètres. Sa main gauche, utilisant une arme reliée à une console de recharge automatique de projectiles, sème la désolation parmi les attaquants qui tentent de l'atteindre hors de sa portée. Sa main droite manipule adroitement un long coutelas emprunté à un adversaire ayant fait l'erreur de s'introduire dans son cercle rapproché de protection. Il s'en sert pour éliminer prestement ceux tentant toute approche similaire.

Inconscient de ce qui se passe à l'extérieur de son cercle imaginaire, il procède de façon méthodique à éliminer les dangers le menaçant. Dernier survivant de son poste de défense grâce principalement à sa veste anti-balle, il s'en sert à bon escient dans sa danse de destruction. Située au dessus d'un plancher glissant et encombré de viscères et de cadavres sanguinolents, cette valse macabre s'effectue sans aucune réelle conscientisation. En effet, son corps a appris à absorber les impacts de balles tout en continuant sa tuerie tandis que son instinct demeure concentré par le prochain péril qu'il élimine de manière expéditive.

Simon perçoit chez ses ennemis l'impression d'avoir submergé son emplacement. C'est une grande partie de la masse restante d'Exclus qui se rue sur le dernier emplacement défensif. Cet empressement des attaquants d'en finir au plus vite sauve la vie de Simon. L'opposition s'éclaircissant de manière subite autour de lui, il peut désormais agrandir son cercle de perception tout en mettant fin aux derniers opposants l'encerclant. Il n'aura pas le temps de venir en aide au dernier poste de défense que les forces de réserve de la Cité achèvent les derniers envahisseurs.

L'offensive ennemie aura duré moins de trois minutes. Simon est le seul survivant de l'assaut. Baissant les yeux, il reconnait le bottillon vert représentatif des extravagances de sa fidèle amie et intime amoureuse. Il dégage la pile de cadavres la recouvrant. Il n'a pas terminé que le visage ensanglanté de Josiane lui apparait. Elle lui semble dormir et ses lèvres ont perdu ce sourire narquois qui l'avait tant perturbé. La culpabilité l'imprègne tandis qu'il demeure figé par sa beauté. Du sang coule de sa plaie à la tempe. Réalisant l'implication réelle qu'apporte sa vision, une dernière décharge d'adrénaline l'envahit tandis que son espoir renait. Il se met frénétiquement à déplacer les corps d'intrus l'empêchant de la rejoindre. Apercevant la fureur du seul survivant, deux secouristes s'interposent et tentent de le calmer. Il les repousse violemment et se remet aussitôt à la tâche. Démissionnant, ils décident de l'assister pour rapidement réaliser le but recherché. La jeune femme est vivante. Elle respire. Simon s'asseoit sur le tas de viandes mortes et se met à pleurer tandis que le médecin ausculte sa bien-aimée. Le docteur se tourne rapidement vers Simon pour lui indiquer que tout va bien. Simon se laisse prendre sous les bras par les deux intervenants qui se dirigent vers la sortie. Ils quittent enfin le carnage.

Chaque partie de son corps affiche les preuves tangibles de l'intensité des combats.

Les forces fraîches tenteront de repousser l'attaque extérieure tandis que le dôme semble encore résister aux impacts. Ce ne sera qu'une question de temps avant que des fissures apparaissent. La destruction du bio-générateur est totale. Simon est soulagé de la survie de Josiane. C'est recouvert d'un mélange répugnant de poussières et de sang, que Simon parvient à l'infirmerie. Assis sur une civière, il perd soudainement contrôle de lui-même. Les effets secondaires de l'Élation confrontés à une situation de forts stress sont encore méconnus. C'est la première fois que le jeune homme se sent ainsi depuis qu'il expérimente ses états d'Élation.

La profonde dépression qui le submerge demeure une toute première expérience. Il sait que ce présent état d'âme fait suite aux récents traumatismes qu'il vient de vivre. Il laisse cette piètre condition mentale suivre son chemin. Il se sent perdu et soudainement dépourvu, Simon ne peut s'empêcher de vomir. Une fois ses plaies superficielles traitées, l'Élite est déjà avancé dans son cheminement personnel vers l'acceptation inévitable de la situation. Il s'assurera de conserver vivant, en son esprit, les souvenirs de ses amis de toujours. Il se permettra de chasser de sa mémoire les récents évènements. Il sait qu'il ne sera plus jamais le même homme.

Graduellement, son esprit reprend contact avec la réalité environnante. L'aménité des gens, l'attention démontrée et le support offert lui rappellent certaines de ces vraies valeurs de la race humaine. En grand besoin de réconforts et de compréhensions, des personnes totalement inconnues lui en ont offert sans ménagement. Abasourdi par l'intensité des émotions qui se sont présentées en lui, Simon absorbe la commotion l'entourant. Se levant de la civière, il se retrouve parmi des centaines de blessés entassés soit sur des civières, sur de simples matelas étendus directement au sol ou sur des chaises pliantes. C'est un méli-mélo inimaginable de drames individuels meublant les gymnases décloisonnés et modifiés en une immense salle d'urgence temporaire. Simon se dirige vers le personnel pour s'informer de Josiane. On l'oriente vers le secteur des derniers arrivés. Il revient sur ses pas pour retrouver Josiane assise sur une chaise à seulement quelques pas de son lit. Il remarque le bandage ceinturant son front et ses yeux le fixant. Il ne peut que constater qu'elle fait exprès de le narguer avec son sourire de coin. Il accourt pour s'agenouiller et l'étreindre dans ses bras dans une embrassade qui empêche la jeune femme de voir les larmes, qu'il ne peut retenir, couler à flots sur ses épaules.

- J'ai tellement eu peur de te perdre, finit par dire Simon après avoir repris contrôle de ses émotions.

- Je t'ai tellement trouvé amusant et gai avec ton accoutrement lors de ton entrée que j'ai aussitôt pensé à ton père. Mon inattention, au moment de l'intrusion, aurait pu me coûter la vie et je m'en excuse Simon, l'informe Josiane cherchant à alléger l'atmosphère.

- Je t'aime ma chérie.

- Moi aussi mon amour.

- Non, je veux dire pour la vie.

- Ne dis pas des choses que tu vas regretter, l'avertit tout en riant Josiane.

- Je n'ai jamais été aussi sérieux, murmure Simon tout en relâchant son étreinte lui permettant ainsi de regarder ses yeux magnifiques pour l'embrasser.

Les haut-parleurs appellent les Élites ayant survécu aux derniers affrontements. Ils sont demandés de se rendre sans délai sur le tarmac de l'héliport. Simon sait que les quelques hélicoptères qui s'y trouvent constituent le dernier et seul moyen permettant une éventuelle évacuation. Défendre tout ce périmètre est primordial.

- Comment tu te sens? Demande Simon

- C'est plutôt à toi Simon de me le dire. Moi, je suis en pleine forme et ce n'est certainement pas une petite égratignure qui va m'empêcher de faire quoi que ce soit.

- D'accord. Donc je me dirige vers un endroit pour nettoyer cette veste, que tu trouves si comique, pendant que toi, tu te prépares pour la prochaine mission? Lui demande Simon.

- Ça me prend un maximum de cinq minutes et on se rejoint à la sortie des gymnases, l'informe Josiane.

Simon donne son accord en lui faisant un signe de la main et se dirige vers les toilettes pour hommes. Il porte toujours sa veste de protection qu'il se doit de nettoyer pour effacer les reliques des derniers combats. Il effectue, de nouveau, les étapes pour retrouver l'Élation alors qu'il emprunte le chemin menant vers la sortie des gymnases. Il y retrouve Josiane dont le regard inquisiteur se porte sur son torse.

- Pour une fois, on peut dire que ton père avait raison, lui dit Josiane tandis que ses mains tâtent la veste de Simon et que ses lèvres remuent au rythme du décompte des nombreux trous de balles.

- Neuf balles, Simon, confirme-t-elle après avoir fait le tour de cet être qui lui est cher.

- C'est une bonne chose que tu aies été distraite, Jos, car tu serais certainement au nombre des victimes.

- Je ne le sais que trop bien, réalise à haute voix la jeune femme.

- Allons-y, conclut Simon.

Sur le chemin menant à l'héliport, le jeune couple est témoin d'un désordre total. Le monde accourt de toutes parts. Des infirmiers transportent des civières sur lesquelles on retrouve des blessés. Ceux qui sont encore en mesure de pouvoir utiliser leurs jambes sont supportés par des infirmiers. D'autres bénévoles s'évertuent à déplacer un grand nombre de brancards sur lesquels on peut surtout apercevoir des formes recouvertes de linceuls blancs imprégnés de taches sombres. Elles se dirigent vers la morgue improvisée dont Simon ignore l'emplacement. Les deux jeunes rescapés prennent enfin la direction de l'armurerie.

Ici aussi, le délire semble être à son comble tandis que des charriots remplis d'armes et de munitions en provenance des champs de bataille sont triées et rapidement nettoyées afin d'être prêtes pour une prochaine utilisation. Le nombre entrant d'armes est grandement supérieur aux individus présents pour les recevoir. La composition hétéroclite d'hommes et de femmes de tous âges incluant même de jeunes adolescents indique la gravité de l'actuelle situation. L'homme d'un certain âge avancé les accueillant au comptoir surprend Simon par la façon dont il porte un regard analysateur sur le couple.

- Bonjour jeune homme et jeune dame. Que puis-je faire pour vous aujourd'hui?

- Apportez tout ce que vous pouvez, répond Josiane.

Il pose son regard vers la jeune femme, s'attarde sur son insigne d'Élite puis examine le bandage cernant la tête de sa cliente.

- La journée semble avoir été très difficile. Puisque la veste de Monsieur a vraisemblablement plus que servi, je crois que je peux vous aider. Donnez-moi quelques minutes et je vous reviens, leur dit-il en se retournant pour prendre son charriot et disparaitre à l'arrière du magasin.

Au retour, le chariot est plein à craquer. Malgré le poids de ses années, il se penche pour prendre une veste similaire à celle de Simon mais d'une taille plus petite pour la tendre à la jeune femme.

- Elle vient juste d'arriver. Ce sont ces vestes qui nous protégeaient dans ma jeunesse. Je l'ai aussitôt remarquée suite au dernier arrivage, pour constater, tout à coup, que sa dernière remarque semble avoir frappé le jeune homme accompagnant la jolie Élite.

- Veuillez m'excuser Monsieur mais vous aurais-je offensé? demande le préposé.

- Non, non. Je vous remercie grandement de votre intention. De toute manière, elle ne servait plus et si elle peut être aussi utile à Josiane qu'elle l'a été pour moi, elle ne pourra que n'en profiter. Cette veste est sans doute celle que mon père a donnée à mon frangin juste avant que les combats d'aujourd'hui ne débutent, l'informe Simon cherchant à rassurer le vieil homme.

- J'en suis désolé Monsieur. Nous venons tous de perdre des proches, se contente-t-il de répondre alors qu'il aide Josiane à enfiler sa veste pare-balles après lui avoir lancé une paire de pantalon dotée de nombreuses poches profondes.

L'expertise du préposé surprend Simon tandis qu'il lui lance à son tour une paire de pantalon similaire datant de la même époque et à sa taille de surcroit. Il lui donne un ceinturon agencé semblable à celui que Josiane termine juste d'ajuster. Après avoir garni les poches de sa conjointe de plusieurs magasins de munitions, d'un ensemble de premiers soins, d'un coutelas ici, d'un revolver juste là et de grenades qui s'accrochent ainsi, il s'affère autour de Simon pour s'assurer que tout est à sa place. Pour Josiane, il lui passe la ganse d'un fusil mitrailleur doté de lunettes d'approche qu'il met en position semi-automatique. À Simon, il tend la même arme mais lui rajoute une bandoulière de grenades tout en positionnant un lance-grenades à canon court suspendu au milieu du dos. Les mouvements de Simon n'en sont nullement entravés bien que l'arme lui soit facile d'accès.

- Je ne peux que plaindre ceux qui devront vous affronter, lance le vieil homme. C'est ainsi que nos militaires auraient du être équipés. Il est malheureux que les autorités n'aient pas daigné écouter mes conseils. Si ça avait été le cas, on ne serait pas dans la position actuelle. Bonne chasse.

- On ne peut que vous remercier Monsieur, répond avec gratitude Josiane, qui se prépare à quitter l'expert.

- Veuillez m'excuser, jeune homme, mais je me dois de vous informer d'une triste situation. Depuis tantôt que je me demande si je devais vous la transmettre mais je me suis finalement dit qu'il vaut mieux savoir que rechercher. Une veste similaire d'une grandeur intermédiaire m'est parvenue juste après le début des combats. Je l'ai mise de coté pour mon utilisation personnelle qui ne devrait sans doute pas tarder.

- Merci de votre franchise, répond Simon en lui serrant la main avant de finalement prendre la direction de l'héliport et qu'il se permet une courte pensée pour son père.

Reine Charlotte, (C.-B.), le 17 août 2121

Sorti depuis 2 nuitées de la zone de protection, l'Orb longe les côtes pour continuer à profiter de la manne océanique tout en voguant gaiement vers la première destination de sa quête. Les poissons pullulent dans la région. Éon conserve le souvenir, datant d'une cinquantaine de migrations, d'une visite avec son père d'un ancien habitat des hommes. Là, se situera le premier lieu de contact du nouvel Orb avec les constructions des Créateurs. Une certaine vigilance est de mise malgré le fait que la famille d'orques permanents qui côtoie la région n'ait jamais montré de signes d'agressivité. Se satisfaisant eux aussi de ces bancs de saumons qui se dirigent vers l'embouchure des innombrables rivières peuplant le littoral, ils ne devraient pas représenter une menace pour l'Orb. Esiom et sa troupe naviguent tout de même en leur territoire de prédilection et une attention de tous les instants est de mise même si une meute de loups de mer n'a jamais été rapportée dans les parages. En territoire inconnu, on se doit d'être prudent en tout temps.

Contournant une jetée naturelle, ils pénètrent dans l'enclave naturelle que constitue l'ancien port. Éon a de la difficulté à reconnaitre l'endroit visité dans sa jeunesse tellement la nature a repris ses droits. Les bâtiments délabrés ont presque tous été envahis par la végétation. Une jeune forêt camoufle les quelques structures ayant résisté à l'usure du temps. C'est en plongeant que la troupe entre en contact direct avec les premières réalisations de l'homme. Le fond de la rade est jonché de formes allongées ayant déjà servi comme embarcations permettant aux hommes une complète domination de la surface des océans.

Malgré cette profonde tristesse qui se dégage des lieux, la curiosité innée des cétacés l'emporte bientôt sur la signification du moment. L'excitation que procure l'exploration de ces trésors se généralise parmi les éléments de la troupe. Chaque épave explorée génère de nouvelles découvertes et de multiples questions. Les comment et pourquoi fusent de toutes parts. Chacun y va de son hypothèse quand à l'utilisation de telle composante, à la nature de son matériel, au façonnement d'une construction ou à la raison d'une forme. Ce besoin d'en savoir plus se généralise. Esiom ressent, chez Éon, cette profonde satisfaction du devoir accompli. Dorénavant, ils ne seront plus les seuls dans cette recherche incessante de nouvelles compréhensions. Cette expédition qu'ils viennent d'entreprendre ne durera pas que pour les quelques lunaisons prévues chez les acteurs d'aujourd'hui. Suite au retour parmi les leurs, ce désir de connaitre demeurera présent dans l'esprit de chacun pour le reste de sa vie.

La journée se termine avec l'arrivée d'un coucher de soleil splendide qui illumine l'horizon. Un repos bien mérité suivra sous peu cette journée de découvertes et de jeux entrecoupée par des épisodes de gavages facilitées par le passage en vagues successives de bancs de saumons en route pour la reproduction. La nuit accueille une légère bruine tandis que l'Orb regroupé se laisse bercer par les flots. L'un raconte son expérience de la journée tandis qu'un second énumère ses découvertes et qu'un troisième raconte ses exploits de pêcheur. Graduellement, la conversation prend une tangente philosophique. Influencé par le contexte, Nosmas transmet sa sensation de satisfaction en utilisant le langage des Créateurs. Esiom ne peut s'empêcher de lui répondre en utilisant cette langue divine dont l'apprentissage fait partie de l'éducation de tous. En effet, l'Orb original avait convenu avec les Créateurs d'en transmettre l'usage à leur descendance.

Inconsciemment, la conversation de la troupe se poursuit dans cette langue peu pratiquée. Une drôle de sensation est ressentie. Le contexte linguistique en est peut-être responsable mais chacun semble imprégné d'une ferveur presque religieuse. Les Créateurs sont-ils encore vivants? Quand est-il de l'homme? Si oui, allons-nous les trouver? Sont-ils dangereux? C'est tantôt Bocaj qui répond, Imoan qui clarifie ou son conjoint Lëarsi qui conclut. Chacun y va de ses opinions, certaines insensées, d'autres intriguantes. Éon réalise qu'Esiom avait donc raison quand au potentiel de cette approche éducative en groupe. Une chose est certaine, il faudra répéter l'expérience car chacun a besoin de pratiquer cette langue dans l'éventualité, quoique peu probable, de son utilisation éventuelle.

Demain constitue une nouvelle journée et l'expérience qu'Esiom veut tenter représente un certain défi. Ce ne sera que les plus jeunes qui pourront y participer activement. L'instigatrice de la quête se rappelle trop bien la leçon apportée par sa dernière escapade en territoire interdit. La menace que représente la possibilité d'une rencontre est bien réelle. Elle transmettra le mauvais souvenir de son expérience vécue à ceux qui prendront part à l'excursion. Dès l'aube, ceux qui désirent participer se dirigent vers le lieu choisi pour l'échouage. Son physique imposant l'empêchant de suivre le groupe d'explorateurs, Nosmas restera de guet sur la plage tandis que Sang-froid, l'Intello, Arhpihcs, Bahar et Eusoj, tous des jeunes de la quatrième génération, accompagneront Esiom. Le jeune couple de futurs parents désirant faire partie du groupe, Esiom se laisse finalement convaincre de la pertinence de leur participation. Un peu de sagesse ne fera pas de tort. Après tout, ils sont aussi d'une quatrième génération.

Les Créateurs remarqueraient que l'espèce n'a cessé de diminuer en grosseur et de subir de profondes modifications physiques depuis son introduction il y a plus de soixante-dix ans. Ceux de la génération d'Esiom sont d'un physique près de cinquante pourcent inférieur à leur race d'origine. Leurs nageoires de l'avant ont évolué en s'étirant et en changeant de formes. Leurs articulations internes, immobilisées depuis des temps immémoriaux, se sont dessoudées et ont régressé vers une certaine mobilité originelle. L'apparence de leurs nageoires s'est complètement métamorphosée par une modification musculaire épousant une forme plus représentative de l'ossature les constituant. Ainsi, le ciselage de la partie bras et main permet de mieux en percevoir le squelette. L'élongation et une certaine flexibilité retrouvée permettent aux doigts, certes palmés, de rejoindre les doigts de l'autre main. La direction prise par la constitution osseuse vers un retour aux sources pour retrouver les fonctions originelles des membres semble définitive.

Une telle rapidité dans l'évolution physique de la nouvelle espèce constituerait une surprise de taille pour tout chercheur sérieux. Normalement, de telles modifications nécessiteraient des millions d'années avant de se manifester. Les évolutionnistes croyant aux modifications s'étalant sur des millénaires subiraient tout un choc face à cette évidence. Ces rapides modifications, étalées sur quelques générations, peuvent-elles être tenues responsable du manque d'évidences des transformations évolutives d'une espèce vers la nouvelle lui succédant? Pour les adeptes de la théorie de l'évolution un tel questionnement représenterait tout un sacrilège. Mais ces changements demeurent mineurs en comparaison avec l'apparition de hanches au point d'union du tronc et de la queue.

L'arrivée hâtive, dès la deuxième génération, d'excroissances émanant des hanches dont la construction osseuse et la disposition musculaire démontrent une constitution de membres inférieurs que l'on retrouve chez les mammifères terriens, n'aurait jamais pu être imaginée par les Créateurs. La fonction du gène introduit dans la nouvelle espèce se rapportait au développement intellectuel. Qu'un simple ajout génétique déclenche de telles modifications structurales n'auraient jamais pu être prévu lors de l'introduction du gène. La diminution accélérée des dimensions de la tête, de la cage thoracique, de la queue et de la masse musculaire alliée aux modifications squelettiques auraient du signifier la disparition pure et simple de la nouvelle espèce. Que chaque nouvelle génération puisse s'adapter aux complexes transformations physiques constituent, sinon un miracle, du moins un mystère. Quant est-il des altérations cérébrales en deux hémisphères distinctes dont le gène implanté devait causer l'apparition?

Le principe de l'évolution des espèces et des possibles modifications physiques de leur descendance leur ayant été expliquées par les Créateurs, les malformations s'amplifiant à chaque nouvelle génération sont considérées normales par la majorité des cétacés. C'est le rejet d'une certaine minorité de leurs semblables qui fait cependant mal.

Fidèle à son habitude, Sang-froid servira d'éclaireur suivi de près par Apro, la future mère, et Zaob, son conjoint. Les autres jeunes suivront tandis qu'Esiom fermera la marche. La facilité démontrée par Apro et Zaob dans leurs déplacements la surprend quelque peu et elle en conclut ne pas avoir été la seule, accompagnée de ses fidèles amis, à s'être amusée en territoire interdit. Le jeune couple s'y est aventuré certainement quelques fois dans le passé. Ce n'est pas le cas pour Bahar et Eusoj. C'est la première fois cependant que les habitués rencontrent une telle végétation dense. Le contenu de l'air qu'ils respirent est totalement différent que celui des espaces dénudés visités dans le passé. L'air marin, s'y trouvant imprégné, ne comporte pas un tel mélange d'humidité pesante et de saveurs nouvelles.

Les feuilles, tiges, plantes et fleurs dont le vent cause les mouvements inquiètent quelque peu au début. L'acceptation de cette condition naturelle de la situation se manifeste et, bientôt, l'attention se porte ailleurs. Esiom connait la sensation de marcher sur la neige, la glace et le roc mais le sol lui apporte de toutes nouvelles sensations au niveau des doigts de mains. Malgré une certaine dureté, le sol est tout de même meuble et chatouille ses paumes. Elle se surprend à en gratter la surface afin d'en atténuer les picotements.

Une première structure apparait et Sang-froid arrête sa progression. Se retournant pour constater la distance parcourue, Esiom se rend compte qu'ils ont bien peu progressé. Nosmas est encore tout près. Ils devront se pratiquer à déambuler s'ils désirent améliorer leur vitesse de déplacement et, ainsi, pouvoir augmenter leurs champs de recherches. La mobilité est un élément important de la survie dans l'eau. Il doit en être ainsi sur terre aussi.

Les explorateurs arrivent enfin à cette première structure. Le groupe réuni en demi-cercle à l'avant de la construction se questionne sur son utilité. Elle comporte des ouvertures dont l'une mène au niveau d'un parterre légèrement surélevé qui rejoint le sol par des strates de dimension uniforme signifiant l'intervention de l'homme. On en conclue que là se trouve l'accès menant à l'intérieur.

Sang-froid entreprend l'escalade des cinq marches et passe la tête de justesse dans l'embrasure qui s'y trouve. Il n'a pas le temps d'observer l'intérieur de l'immeuble qu'il sursaute et s'éloigne prestement de l'ouverture suivi de près par deux petites bêtes poilues munies de longues oreilles. Apercevant, en sortant, les créatures monstrueuses qui les fixent, les lièvres effectuent un brusque angle droit et quittent les lieux à toute vitesse par des bonds successifs d'une rapidité étonnante. La subite réaction de Sang-froid devant cette infime menace les fait tous rire. Quelque peu désabusé par sa première expérience, Sang-froid décide d'effectuer une étude des environs tandis qu'Esiom prend sa place dans l'exploration de l'intérieur des lieux.

Pénétrant avec minutie le seuil d'entrée, elle perçoit rapidement qu'un vide se trouve sous la plate-forme devant soutenir son poids. Les bruits provenant de celle-ci l'informe du danger potentiel. Reculant afin de transférer une partie de sa masse corporelle vers la sécurité qu'offre la solidité du parterre extérieur, son attention se porte sur les éléments composants l'intérieur de la ruine. L'usage des objets qui garnissent le pourtour des murs semble difficile à concevoir. Cependant, une représentation accrochée au mur d'un magnifique paysage aurait pu servir comme-rappel d'un lieu apprécié de l'humain. Pour Esiom, l'impression ressentie en voyant l'image constitue beaucoup plus un émerveillement pour la vue qu'une quelconque utilité.

Tournant la tête afin de mieux voir le mur situé face à l'entrée, elle aperçoit une multitude de photographies qui en garnit la façade. L'analyse des différentes images l'incite à conclure qu'elles représentent différentes prises de vue, figées dans le temps, d'êtres humains en leur environnement immédiat. La vision des mêmes individus reproduits en différentes situations constitue toute une découverte. On y remarque l'utilisation par l'homme de certains objets. Les enseignements qu'apporte le contenu de ce seul mur constituent tout un trésor de fascinations.

Intello est la première à suivre Sang-froid autour de l'installation. Le groupe se disperse pour faire de même. La curiosité attire Arhpihcs vers une petite ouverture menant à un étage inférieur. Bahar et Eusoj effectuent une inspection d'une structure indépendante de dimension inférieure située vers l'arrière du bâtiment principal, tandis que le jeune couple garde le périmètre tout en étant prêt à intervenir au besoin.

Un premier aboiement au loin, ressemblant quelque peu à celui d'un phoque, crée un certain émoi. Une succession rapide de jappements de différentes intensités sème une certaine panique au sein des cétacés. Déjà la troupe est regroupée lorsqu'apparait une meute d'animaux beaucoup plus gros que les deux petites bêtes auparavant rencontrées. Esiom est surprise par la rapidité de déplacements de ses semblables afin de retourner vers la sécurité de la mer. Rien à comparer avec la vitesse de la meute qui encercle la troupe de cétacés cherchant à se rendre à la mer. Les grognements et aboiements incessants sont renforcés par un langage corporel principalement composé de crocs menaçants et de mouvements simulant des tentatives d'agressions directes. Le tout ne laisse place à aucun doute quand aux intentions belliqueuses des assiégeants.

Malgré la vingtaine d'individus les entourant, Esiom transmet à chacun la notion qu'ils ne font que protéger leur territoire. Seule, elle pourrait tous les éliminer. Après tout, ils ne sont pas plus gros qu'un phoque. Ils doivent avoir beaucoup plus peur que nous, leur transmet-elle. Elle n'a pas terminé son émission mentale qu'un des agresseurs s'approchant de trop près de Sang-froid se retrouve dans les airs suite à un simple coup de queue le projetant sur une distance d'une dizaine de mètres. Se maintenant dorénavant à une proximité plus respectueuse, la meute persiste dans sa démonstration de protection du territoire jusqu'à ce que le lent cortège disparaisse sous les ondes. Esiom a eu le temps de remarquer que plusieurs des agresseurs ressemblent étrangement à l'animal représenté sur plusieurs des images qu'elle a étudiées avec soin.

La sécurité de l'onde retrouvée, c'est maintenant le temps de manger et s'amuser. La soirée sera encore une fois des plus instructives. Rejoignant l'Orb, Esiom demande à Éon de récupérer les expériences de chacun tandis qu'elle et ses compagnons d'excursion seront occupés à pêcher et se divertir.

Éon ne se laisse pas prier et commence par sonder les souvenirs de sa jeune protégée.

Base sous-marine, le 10 octobre 2046

Tina est consciente de la profonde peine qu'elle et sa sœur ressentiraient si elles se trouvaient confrontées à la perte de leur amoureux. C'est malheureusement ce qu'a vécu leur bonne amie Danielle il y a maintenant déjà un an. Les deux sœurs ont alors subi tout un choc en apprenant le décès du Professeur Galant suite à un ACV qui l'a foudroyé aux petites heures du matin. Elles le considéraient comme un père. Que le temps passe vite en ce milieu insonorisé par la mer dont les chants des cétacés agrémentent l'environnement.

Danielle semblait résignée lorsqu'elle leur a fait part de la mauvaise nouvelle juste après le départ des adolescents pour l'école. Elle leur a raconté que c'est le bruit sourd de la chute du Professeur Galant en bas de son lit qui l'avait réveillée. L'équipe médicale appelée sur les lieux n'a pu que constater la gravité de l'état du professeur Gallant. C'est en apercevant son conjoint étendu sans connaissance au sol que Danielle s'est aussitôt préparée aux pires scénarios. L'acceptation inévitable de la situation est survenue avant même que le décès du seul amour de sa vie ne soit constaté.

C'est après cet incident que l'existence de Danielle devient entièrement consacrée à ses jeunes protégés baleineaux approchant de l'âge adulte et à ces jeunes adolescents merveilleux qu'elle considère comme ses bambins. Bien qu'ayant un certain penchant pour ceux de Lina et Tina, elle estime tous les jeunes de la base comme des enfants de la mer.

C'est suite à la suggestion du Professeur Gallant, grandement supportée par Danielle, que la décision fut prise de concentrer la période d'inséminations des femmes durant les trois mêmes années que durerait l'exercice de reproduction des cétacés. L'option choisie d'en délimiter la période afin de prodiguer la meilleure instruction possible malgré les ressources éducatives limitées qu'offre le contexte de la base sous-marine, s'avèrera une excellente idée. Elle occasionnera l'initiation des deux espèces à de communes expériences dès leur jeune âge.

Ainsi l'immense bassin situé au centre de la base devient vite une aire de jeux conjointe et s'avère donner des résultats inattendus. Pour Danielle, ce rapprochement est responsable de l'avènement d'une forme de compréhension mutuelle puisque les jeunes de la base développent, de concert avec les jeunes épaulards, ce lien filial qui permet l'apparition éventuelle d'un système de communication unique. Dès l'âge de deux ans, les balbutiements et les cris des uns nageant parmi les sifflements et les cliquetis des autres alliés aux interactions inévitables créent une forme de grande complicité entre bébés des deux races. Ces résultats servent de fondement sur lequel s'appuie Hector pour comprendre ce nouveau langage qui se développe de manière graduelle.

161

L'élaboration ultérieure de sa complexité permettra d'en arriver à un niveau mutuel de compréhension des plus acceptables.

Le fait, que les trois différents pods inséminés d'orques soient dotés d'un dialecte propre à chacun et qu'ils puissent communiquer et se comprendre entre eux, constitue déjà une certaine propension aux capacités multilingues des cétacés. C'est depuis leur naissance, que les jeunes cétacés s'amusent dans l'ère de jeux accompagnés principalement de leur mère en quête de nourriture facile. Le sevrage des nouveau-nés survenant durant la troisième année des jeunes baleineaux, c'est la majorité des adultes qui retourne en milieu naturel. Les jeunes des pods K et L restent sédentarisés tandis que les jeunes du pod J reviennent chaque année se divertir dans leur aire de jeux favorite.

C'est suite à la suggestion de Danielle que, graduellement, la grosseur des saumons relâchés est diminuée ce qui permet d'éloigner la majorité des adultes tandis que pour leurs parts, les nouveaux parents semblent s'en contenter en compensation du bien-être de leurs jeunes progénitures. La présence de quelques familles avec leurs baleineaux conçus de façon naturelle, permet d'effectuer les premières études de comparaisons physiques et de capacités mentales. Deux des couples des pods K et L font exception à la règle du retour en milieu naturel suite au sevrage de leur jeune baleineau et demeurent en permanence auprès d'eux. On déduit que la stérilité de l'un des parents en est sans doute la cause naturelle.

Les dix prochaines années fileront sans incident sérieux dans cette oasis de paix. Les modifications physiques remarquées chez les jeunes cétacés sont principalement constituées d'une diminution de près de vingt pourcent de leur masse corporelle, de nageoires pectorales allongées et d'une difformité à la jonction de la hanche et de la queue. Des familles d'orques de moindre dimension existaient déjà en Norvège et l'excroissance au niveau de la hanche avait déjà été remarquée chez certains individus vivant en contexte naturel dans le passé. Cet atavisme est diagnostiqué comme une tentative isolée du squelette de faire un retour vers ses origines terrestres datant de près de cinq cent millions d'années. C'est au début de l'introduction dans le bassin, principalement composée par les mamans et leurs nouveau-nés des deux espèces, qu'apparaissent les toutes premières vocalisations à la source de la nouvelle forme de communication.

Dénués de cordes vocales, les orques émettent des sons à partir d'un complexe de tissus situés dans le museau. En forçant l'air entre des sacs localisés dans la région nasale, les sons émis par une vibration des lèvres dites phoniques se retrouvent ainsi confinés à résonner dans cette cavité dont l'immensité sert d'amplificateurs et de capteurs de vibrations. L'humain utilise les muscles de la langue et des lèvres afin de raffiner la vocalisation provenant de ses cordes vocales et de l'air ambiant du larynx pour émettre une multitude de sons. L'orque étant dénuée de cette amélioration évolutive se retrouve ainsi grandement limitée quand à la possibilité d'émettre des sons ayant une certaine similitude avec le langage humain.

La vibration contrôlée de l'atmosphère responsable de l'émission du son chez l'homme lui cause une incapacité d'émettre des sons sous l'eau à plus d'un mètre de distance. La nécessité étant la mère de tous les besoins et la communication constituant un besoin primaire, les jeunes des deux espèces développent rapidement un moyen pour se faire comprendre. On avait déjà noté dans le passé la possibilité, pour certains jeunes épaulards, d'imiter le bruit d'un moteur hors bord ou même certains sons s'approchant de la parole. Mais cette imitation devait nécessiter un grand effort car c'est par le gargouillement de l'eau soumis au contrôle subtil de la contraction et rétraction des muscles de l'évent que provient la similitude. On découvre une légère modification physiologique de la mobilité du clapet empêchant l'eau de pénétrer par le conduit interne reliant l'évent à la cavité nasale comme responsable de cette nouvelle facilité d'élocution à l'air libre.

Initiés à la baignade, dès la naissance, et nageant déjà en bas âge, les bébés humains commencent à développer un langage guttural. Il consiste à garder la bouche fermée et à émettre des sons provenant principalement du larynx et de l'intérieur de la bouche par un mouvement plus ou moins rapide de différentes pressions de la langue sur le palais tout en effectuant des avalements imaginaires. Toute une première série de bruits apparaît. De nouveaux sons s'ajoutent grâce à une technique consistant à se mordiller les bajoues intérieures ou à grincer des dents en plus du procédé initial. La contraction des narines alliée à la salive et à une certaine utilisation de l'air du larynx complémentent la technique de transmission sous l'eau. Puisque les enfants ne plongent qu'en apnée, on développe un heaume étanche dont la portion casque ressemble à celui porté par les cyclistes en compétition de vitesse. Le rajout d'une forme de cône à l'avant permet d'améliorer l'aérodynamisme sous l'eau tout en dirigeant la transmission du son vers l'avant. Relié à un masque de plongée dont la jupe rejoint celle du heaume, il ne restait plus qu'à y incorporer l'embouchure en silicone amovible pour transmettre le son sortant par la bouche à la caisse de résonnance du casque. On obtient donc ainsi l'amplification nécessaire aux tonalités de voyager sous l'eau sur une distance appréciable. L'émission des nouveaux sons ainsi diffusés causent à l'oreille interne un développement inattendu. Dès lors, une distinction de singulières intonations ultrasoniques apparait. Le nouveau langage vocal des jeunes cétacés au-dessus de l'onde et la méthode altérée des enfants en apnée servent de base au développement d'une forme d'élocution commune entre espèces. À la surprise de tous, même certains des autres jeunes cétacés non inséminés réussissent à participer aux conversations. Il sera remarqué que ces derniers en cesseront totalement la pratique en milieu naturel.

C'est une toute nouvelle avenue de recherches qui accapare les spécialistes. Ils en ont pour des années. On remarque l'apparition d'excroissances au niveau du conduit intérieur des oreilles des jeunes enfants. Ce phénomène offrant une certaine ressemblance avec les branchies des poissons est une condition déjà notée chez des individus ayant à leur actif de multiples plongées sous-marines. Une excroissance principalement constituée d'un amas de graisses au niveau du palais des jeunes humains excite quelque peu la curiosité des scientistes. Il en est vite déduit que l'amas provient de l'exercice buccal répété qui permet la communication et qui peut aussi jouer un certain rôle dans la captation des quelques ultrasons saisis. On n'en fait pas de cas puisque l'on pouvait retrouver des anomalies similaires parmi des athlètes pratiquant certains sports comme cette bosse qui apparait à l'arrière du talon chez les patineurs de vitesse de longue piste. De toute façon cette enflure ne semble pas altérer la communication normale des jeunes.

C'est suite à la perte du Professeur Gallant, que débute une légère perturbation dans cette paisible atmosphère de sérénité qui flottait dans la base sous-marine depuis toujours. Dès le début des opérations, Danielle donna du bout des lèvres son approbation au principe de fournir de la nourriture dans le but d'attirer les cétacés et ainsi faciliter le suivi de l'évolution des jeunes. L'ajout de jouets servant à les amuser fut par contre beaucoup plus difficile à obtenir son consentement. Cependant son attitude négative changea complètement lorsqu'elle décida de participer activement à l'introduction des bébés humains aux baleineaux. Complètement absorbée par son enthousiasme résultant du rapprochement entre les deux espèces, elle en oubliera ses craintes relatives à la dépendance des cétacés.

Depuis le départ du professeur, l'attention de Danielle se porte sur les implications possibles de ce puissant attachement entre humains et orques. Elle y décerne de fortes similitudes avec cette profonde dépendance que l'on retrouve chez les animaux de compagnie. Heureusement, se dit-elle, que ceux du pod J se libèrent de cette dépendance grâce à cette migration entreprise annuellement par les cétacés adultes que les jeunes suivent de manière innée.

Pour Danielle, la domestication se concrétise. La difficulté consiste à tenter de rallier la majorité à son point de vue. La raison principale de l'existence de la base réside dans l'étude de cette nouvelle race de mammifère. En exclure la contigüité ne sera pas une mince affaire. Il est difficile de prévoir la réaction des adolescents qui considèrent les baleineaux plus comme des membres de leur famille immédiate que des animaux domestiques. Que dire des implications pour les baleineaux eux-mêmes. Encore vivant, le Professeur savait rassurer et temporiser les ardeurs de Danielle. Désormais absent pour la calmer, la croisade qu'elle entreprend pour remédier à une trop grande dépendance anime les conversations.

Cette situation n'aura pas le temps de perdurer puisque des altercations près des différents centres civilisés entre des groupes de jeunes anormaux et la population surviennent de plus en plus fréquemment. Bientôt, les rapports d'attaques et de destructions suivent. L'aquarium, berceau originel et fournisseur principal de la base, est pris d'assaut par une foule d'anormaux, que l'on nomme maintenant Exclus.

Neuf mois ont passé depuis cette attaque et la base n'a reçu aucune nouvelle de survivants. Les rapports d'attaques sauvages d'Exclus contre les enclaves du monde civilisé deviennent coutumiers. L'élimination éventuelle de ce qui reste de la civilisation moderne semble plus que probable. La moindre attaque contre la base sous-marine s'avèrerait catastrophique. Son emplacement est certainement connu et sa situation sous l'eau en rend la défense des plus difficiles. Les dommages causés par une unique explosion sous-marine seraient catastrophiques. Cela fait plus de six mois déjà que la décision est prise de déménager sur la terre ferme.

Deux avenues de relocalisation sont considérées par les résidents de la base puisque le statu quo est unanimement rejeté. Il n'est pas requis de trouver un emplacement à une grande distance du présent site. Quelques kilomètres peuvent suffire car les Exclus se déplacent généralement à pieds et n'ont pas accès aux technologies existantes pouvant détecter leur nouvelle localisation.

Une option consiste à démanteler les éléments requis de la base pour les installer dans de toutes nouvelles infrastructures qui seront situées sur la terre ferme. La seconde alternative est beaucoup plus facile à réaliser selon ses promoteurs. Il ne suffit qu'à libérer la base de ses amarres et à vider ses ballasts pour lui permettre de remonter à la surface. Par la suite il ne restera plus qu'à touer la base vers l'emplacement choisi. Le dôme devra subir quelques modifications puisque la vocation de la base deviendrait terrestre. L'aménagement de nouvelles aires d'entrées et de sorties sera requis. Une lagune d'une très faible profondeur constituerait un emplacement idéal. Le choix se porte rapidement sur cette deuxième option.

Suite à son déménagement, un remblaiement de ses contours et de son aire de jeux permettra une assise suffisante tandis que sa piscine deviendra une immense serre de culture intérieure. La principale problématique occasionnée par cette approche se situe au niveau de son déplacement physique. C'est lorsque les détails relatifs aux moyens à prendre pour haler la base que les difficultés apparaissent.

En effet, le transport maritime est devenu le premier mode de transport à disparaitre suite à l'éclosion de la contagion du début des années vingt. C'est tout le commerce maritime au niveau mondial qui disparaît du jour au lendemain. La cause principale est reliée à la quantité de main d'œuvre nécessaire pour l'entretien, la manipulation et le bon fonctionnement des navires marchands. Dès lors, les communautés de survivants se tournent vers l'autosuffisance des enclaves comme mode de survie. Localiser un seul navire opérationnel s'avère tout un défi à relever. Les quelques rafiots ayant participé à la construction de la base, il y a maintenant plus de quinze ans, sont hors service depuis longtemps. Entretenues avec minutie, les deux embarcations nautiques de la base n'ont pas assez de puissance pour effectuer la tâche nécessaire.

Trouver un seul navire opérationnel s'avère tout un défi à relever. Les quelques rafiots ayant participé à la construction de la base, il y a maintenant plus de quinze ans, ont rendus l'âme depuis. Les premiers constats de l'équipe pour dénicher un navire marchand ou un simple toueur sont loin d'être concluants et remettent en question l'option retenue. L'approche alternative consistant au démantèlement de la base sous-marine mérite à nouveau d'être reconsidérée de façon plus approfondie. Tandis que la première équipe élargit son champ de recherches pour trouver un navire n'ayant pas succombé aux forces destructives de la nature, une seconde élabore les plans de reconstruction et du déménagement des principales composantes sous-marines. Finalement, Donald, le conjoint de Lina, soumet la brillante idée d'emprunter les deux hélicoptères de transport lourd de la Cité universitaire pour pallier au manque de voies terrestres. Donald étonne Tina par sa soudaine ingéniosité.

Il décide d'appliquer le concept à l'élaboration d'une approche qui consiste à utiliser les mastodontes de l'air aidés par les deux embarcations de la base pour la déménager. Le courant du détroit de Juan de Fuca et la marée descendante se déplaçant naturellement vers l'océan assisteront les appareils dans le déplacement de la base flottante vers le futur site. L'application géniale de Donald déconcerte encore plus Tina. Elle ne peut s'empêcher de constater les avantages d'avoir les deux pieds sur terre et son impression de Donald qu'elle entretenait s'en trouve modifiée. Dorénavant, elle s'efforcera de ne plus succomber à un jugement facile seulement basé sur des éléments artificiels. Comme quoi chacun est doté d'atouts qui lui sont propres.

Cette fois-ci, la solution semble la bonne. Les experts calculant la vitesse du courant, l'apport de la marée et des deux puissants engins aéroportés aidés des deux bateaux de la base concluent qu'une distance de vingt-cinq à trente kilomètres serait ainsi franchie durant la période de six heures que durera l'effet descendant de la marée. Par la suite, la marée montante sera utilisée pour l'accostage final qui se fera aussi près de la plage, ce qui permettra une élévation maximale.

Il ne reste plus qu'à trouver l'emplacement idéal alors que la collaboration de la Cité universitaire est facilement obtenue. Une équipe de douze hommes, sous la supervision de Donald, travaillent depuis maintenant trois mois à préparer la lagune et ses alentours à la réception de la base. Dès le début des travaux, de la machinerie lourde, de l'équipement spécialisé ainsi que les matériaux requis à la réalisation de ses installations temporaires et à l'aménagement de ses aires sont transportés par les deux hélicoptères Halo de la Cité universitaire.

Les préparatifs vont bon train et la base sous-marine s'élèvera à la surface le lendemain. Les caissons sont renforcés afin de recevoir les attaches requises à l'amarrage de la base aux hélicoptères et aux embarcations marines. De faible intensité les charges explosives sont en place pour libérer la structure du fond marin et sa falaise adjacente. La marée haute atteindra son point culminant, demain, en milieu d'après-midi.

C'est depuis la dernière année, que Danielle prépare, durant ses moments libres, un programme éducatif complet de réintégration en milieu naturel à l'intention des cétacés. La survie de la nouvelle espèce est en jeu. L'absorption d'un maximum de données et d'informations de toutes sortes est d'une importance capitale afin d'offrir une banque de connaissances générales suffisantes pour être transmises aux futurs générations de cétacés. L'espoir est de mise.

Les baleineaux sont près de l'âge adulte. Leurs copains humains, rendus de jeunes adolescents, les informent de la précarité de la situation physique de la base causée par la possibilité grandissante d'une intervention malveillante d'humains malveillants. Depuis près de neuf mois, l'emphase est placée sur l'importance d'assurer l'absence d'embarcations et d'étrangers aux abords de la baie. La présentation de cette première tâche, annoncée comme un nouveau jeu, facilite grandement la participation des jeunes épaulards. Supervisée par Danielle, la responsabilité des jeunes consiste ensuite à préparer les cétacés vers l'indépendance. Profitant de leur participation à la vigie pour la protection de la base avec les baleineaux, Danielle dirige les jeunes professeurs qui commencent alors à les aider à quérir leur nourriture à l'extérieur de la baie tout en les incitant à développer les notions d'autodétermination. Les amener à concevoir la création d'un nouveau pod avec comme patriarches les deux couples d'adultes devient par la suite l'objectif recherché. Ils se doivent d'encourager les jeunes épaulards à faire comprendre aux aînés l'importance de ne plus jamais avoir de contacts avec les humains.

Durant les préparatifs menant à l'autosuffisance, les jeunes effectuent un travail d'éducation intensive. Le programme relatif à l'absorption de nouvelles connaissances concrètes est facilement capté par les élèves, car cet aspect fait partie intégrante de l'enseignement des baleineaux depuis leur tout jeune âge de concert avec l'élaboration progressive du langage mutuel. Deux composantes du projet élaboré par Danielle sont toutefois plus difficiles à absorber. Confrontée à la limitation du langage mutuel et des inhibitions des cétacés, la transmission de notions abstraites et subjectives frappe un mur naturel. Danielle mandate donc ses petits-enfants préférés afin qu'ils les initient à conceptualiser.

Moby, la fille de Lina, a la tâche de faire comprendre aux cétacés les limitations des humains. Elle enseigne le principe de l'évolution de l'espèce et de l'histoire humaine parsemée de guerres et de destructions inutiles menant la race vers sa probable extinction. Elle espère parvenir à l'élimination de cette notion de divinité que leur portent les baleineaux. Son frère Dick est mandaté pour enseigner la création et la composition de cet univers dont on peut mieux en constater la complexité et en expliquer la formation durant la nuit sous un ciel étoilé. Son cousin Jérémie tente de faire comprendre à ses amis la constitution de la nature environnante et de l'importance d'en maintenir l'équilibre. Pour sa part, sa sœur Mélodie hérite de l'enseignement des préceptes philosophiques et spirituels si difficiles à assimiler même pour le commun des mortels.

Le cheminement intellectuel effectué par les orques s'avère toute une surprise pour les spécialistes qui suivent la progression des cétacés. Dans certaines matières, le niveau d'attention limité de plusieurs est compensé par la facilité manifestée par d'autres. Deux jeunes, l'un mâle et l'autre femelle, ont démontré des aptitudes supérieures même pour les notions abstraites les plus difficiles d'appropriation.

Le départ récent du nouveau pod vers l'aventure de la vie s'est avéré une épreuve difficile pour chacune des deux espèces impliquées. La participation des quatre épaulards adultes en a surpris plus d'un. Selon les jeunes, leurs confrères orques ont réussi à traduire aux ainés les éléments requis à la compréhension de la situation ce qui a permis leur collaboration.

Puisque le contexte de vie semi-sauvage permet aux baleineaux du groupe J une certaine autosuffisance des humains, il est décidé qu'ils constitueront un groupe idéal pour permettre la continuité des études de la nouvelle espèce. En retard déjà d'une semaine de leur migration annuelle, ils manquent donc le départ de leurs congénères des groupes K et L. Une certaine appréhension est ressentie quand à leur arrivée par leurs proches de la base sous-marine.

Heureusement de retour à temps, les cinq jeunes orques du pod J sont informés des évènements. Ils démontrent une certaine difficulté d'assimilation devant une telle quantité de changements. Cette réticence des cétacés à s'adapter à de fondamentales perturbations dans leurs habitudes de vie est tout à fait normale. Les jeunes humains réussissent à les convaincre de participer au déménagement du lendemain car il est primordial qu'ils prennent connaissance du nouvel emplacement. C'est en leur présentant ce déménagement comme un nouveau jeu que cette crainte innée de l'inconnu est surmontée. Malgré la disparition de l'aire de jeux et de la nourriture abondante, l'espoir qu'ils fassent le choix, durant la période de permanence hivernale, de rester près de leur deuxième famille demeure présent dans l'esprit de chacun. Il est possible que les baleineaux retournent vivre à temps pleins parmi leurs semblables, forçant ainsi un suivi de leurs progressions en milieu naturel.

Les deux hélicoptères Halo datant du début du siècle, des Mil MI-26 d'une capacité de charge de vingt mille kilos, atterrissent aux petites heures du matin au futur emplacement de la base. Ils y débarquent leur chargement de cent soixante deux Élites ayant pris place à bord des appareils. Plusieurs ont été blessés lors du départ de l'héliport de la Cité universitaire. Les carlingues criblées de trous de balles témoignent de l'intensité et de la proximité des combats qui s'y déroulaient durant le décollage. Qu'aucune des composantes principales au bon fonctionnement des hélicoptères n'ait été touchées tient du miracle. Le retour à la Cité est désormais une option inexistante, sa destruction ayant été enclenchée durant le trajet. Ces quelques survivants représentent le sacrifice ultime de toute une communauté civilisée pour la survie de l'humanité.

Tenue informée, durant toute la nuit, des derniers évènements au fur et à mesure de leurs dénouements tragiques, c'est avec soulagement que la population de la base accueille enfin la nouvelle du débarquement des derniers survivants de la Cité universitaire. L'arrivée de plusieurs blessés étant attendue, des modifications de dernières minutes sont apportées aux installations temporaires par les ouvriers sur place en vue de mieux répondre à l'urgence du moment. La cafétéria transformée pour la circonstance en hôpital de campagne reçoit ses premiers patients.

Le fait que tous les Élites possèdent les notions en médecine et que certains d'entre eux en font même une spécialité ne s'est avéré que peu utile en plein vol pour soigner les blessés gravement atteints. Les interventions de base ont vite été complétées mais le manque d'espace, d'instruments médicaux et de médicaments durant le trajet de cinq heures s'est avéré néfaste pour onze des blessés. Six autres Élites sont dans un état sérieux et nécessitent une intervention chirurgicale immédiate tandis que la condition médicale d'une vingtaine de leurs confrères, moins grièvement touchés, sera suivie par leurs semblables.

Une vérification minutieuse de chaque appareil est effectuée par l'équipage tandis que des Élites font le plein et installent le treuil pour la prochaine mission. Les préparatifs complétés, les équipages composés du pilote, du copilote et du navigateur, assistés de deux Élites responsables de l'opération du treuil, prennent leur envol en direction de la base sous-marine. Venant du large au-dessus de la baie, ils voient graduellement apparaître la présence de baleines tueuses qui effectuent des cercles autour de deux nageurs isolés. Le câble de chaque hélicoptère est lentement descendu pour être capté par un nageur en surface qui en relie l'attachement à celui de l'attelage frontal d'une des orques nageant à ses cotés.

Remontant à la surface après quelques minutes sous l'eau, la troupe d'épaulards, menée par le plongeur au scooter, se presse hors de la baie. Des gerbes d'eau apparaissent en surface suite aux explosions contrôlées des attaches sous-marines. Bientôt, le dôme de la base sous-marine se fait de plus en plus visible avant de finalement percer la surface de l'eau. L'équipage remarque le grand contraste entre la vision d'un dôme futuriste fragilisé par son apparence en verre et cette nature immaculée qui l'entoure dont la prestance impose le plus grand respect.

Resserrant graduellement le câble, les hélicoptères débutent leur lent périple tandis que les anciens sous-mariniers prennent conscience de leur nouvel environnement. Ils étaient, eux aussi, devenus des enfants de la mer. La vie ne sera plus jamais la même. La constatation de cette réalité en ébranle plus qu'un. La population se retrouve sur un immense radeau voguant vers une nouvelle destiné. Les conversations vont bon train tandis que les jeunes humains se relaient incessamment auprès de leurs amis épaulards pour ouvrir la voie. Pour ce faire, ils doivent désormais descendre une longue échelle avant d'arriver niveau de l'eau se trouvant dorénavant trois mètres plus bas que d'habitude.

Longeant la côte, le dôme fournit une pleine visibilité aux témoins de ce spectacle composé de caps majestueux, de forêts denses et d'embouchures de rivières qu'ils croisent sous les rayons d'un soleil éclatant le bleu majestueux du ciel. Pour les adultes, ces premières heures suffisent au rappel de leur origine. L'expérience est tout autre pour les jeunes habitués à vivre sous l'eau depuis leur naissance. L'adaptation à la vie terrestre sera plus difficile. Ils se devront d'en accepter la fatalité éventuellement.

La fin du trajet approche enfin et les hélicoptères changent de direction après avoir dépassé le Cap Flattery et virent au sud, rapprochant ainsi la base de sa destination imminente. C'est au tour des quatre adolescents de Tina et Lina, accompagnés par leur grand-mère Danielle, de rejoindre les jeunes cétacés. Ils utilisent, pour la dernière fois, l'accès direct menant à la mer qu'offre la piscine intérieure. Plongeant pour rejoindre leurs amis cétacés, c'est lorsqu'ils émergent à l'air libre que l'attitude des jeunes orques change du tout au tout. L'amalgame soudain de sons composés de sifflements et de cliquetis allié à une grande nervosité des cétacés les encerclant stupéfie quelque peu Danielle. La frénésie que dégagent ses protégés constitue une première expérience pour la spécialiste. L'insistance de les suivre est captée par les adolescents qui n'ont pas le temps d'en traduire la signification à Danielle que déjà les orques plongent. Suivi aussitôt par les jeunes humains propulsés par les glisseurs. La vitesse de plongée utilisée par les orques est à la limite des possibilités des scooters électriques. Danielle suit les jeunes tandis que l'indécision la gagne. Ils se dirigent vers le large et la plongée se situe à une quarantaine de pieds de profondeur. La situation est anormale, se dit l'ainée du groupe tandis que la remontée en surface la calme quelque peu. Le temps de quelques respirations et les cétacés replongent. Ils se retrouvent rapidement à cent pieds de profondeur toujours en direction du large. Danielle se dit qu'elle devrait donner l'exemple et remonter au plus tôt afin de reprendre le contrôle de la situation car son appréhension est profonde. Le comportement anormal des cétacés l'inquiète au plus haut point.

Tandis que les hélicoptères changent de cap pour entamer la dernière manœuvre d'approche vers la lagune, le personnel qui voyage dans la base ressent une sensation de nausée. L'impression ressemble étrangement à celle ressentie dans un élévateur durant sa descente. Subitement, le changement de tonalité du bruit des palmes se fait entendre par l'équipage des hélicoptères qui lève les yeux vers l'horizon. Ce qu'il y aperçoit le saisit de frayeur.

À près de dix mille kilomètres à l'ouest de la base, deux plaques tectoniques se chatouillent depuis des millénaires. Le chevauchement a certes créé des frictions par le passé mais la masse de l'une sur l'autre aura finalement raison de la plus faible. En s'affaissant sur elle-même, elle devient un immense gouffre dans l'écorce terrestre à près de huit mille pieds de profondeur. L'anomalie est captée par les instruments opérationnels de la Cité spatiale et les données sont automatiquement envoyées vers les antennes de communication afin d'informer la vie sur terre de l'imminence d'un cataclysme. Le tsunami propulsé à une vitesse de près de huit cent km/heure atteindra les côtes américaines dans moins de dix heures. La récente destruction des antennes de communication de la Cité spatiale par l'explosion enclenchée par le Commandant Deryes, empêchera la base d'être informée de l'immense vague meurtrière en approche.

Le déplacement de l'eau sous les caissons augmente en même temps que la sensation de haut de cœur ressentie par le personnel de la base en perdition tandis que les deux pilotes d'hélicoptères cherchent à maintenir la position en l'empêchant de se diriger vers le large. Le bruit des caissons frottant le fond marin mêlé aux communications cacophoniques des deux pilotes émanant des haut-parleurs de la base est soudainement remplacé par un étrange silence. Chaque témoin de la scène fait sa prière pendant ce semblant d'éternité que dure son dénouement final.

L'Élite d'un des hélicoptères libère le câble du treuil tandis que le tsunami enveloppe, de son immense vague de trente mètres de hauteur, le ballon de plage transparent que représente la base désormais prête pour son ultime voyage.

Jefferson Cove, le 10 octobre 2046

Le jeune indien Salish âgé de treize ans approche sa chaise du lit de son grand-père et émet un soupir de découragement. Depuis plus de deux semaines que le vieil homme de quatre-vingt-douze ans demeure enfermé dans un sommeil presque comatique. Il continue d'effectuer ses ablutions matinales, accepte de prendre un repas frugal par jour et s'occupe de ses évacuations naturelles mais quelque chose cloche. Il rejette chaque tentative de discussion démontrant clairement le dérangement que cause toute initiative de distractions de son état présent. Il ne recherche qu'à retourner, constamment, à sa méditation introspective.

Selon Gab, son père adoptif se meurt. Ces choses se ressentent. Pourtant, la santé physique du vieil homme est loin d'être un problème. Il se doit de l'éveiller. Une succession d'évènements anormaux viennent de se produire depuis les dernières vingt-quatre heures. Personne ne l'écoute et il a besoin de se libérer des pressentiments de mauvaise augure qui l'assaillent.

- S'il vous plait grand-père, j'ai un urgent besoin de votre aide, supplie l'ado.

Lui faisant signe de dégager de la main, c'est d'une voix imprégnée de frustrations contenues avec grande difficulté qu'il lui répond enfin,

- Combien de fois devrais-je te faire savoir d'arrêter de me déranger. Tu ne vois donc pas que je suis occupé? Tempête-t-il.

Encouragé par ces quelques mots qui représentent plus que la somme de toutes les paroles dites depuis le début de cette phase d'ermitage, l'adolescent ne se laisse pas décourager par le ton déplaisant et persiste d'une voix douce et polie.

- Mais grand-père, un terrible évènement vient de se produire. Il fait suite à un signe prémonitoire venu du ciel hier.

- Laisse-moi tranquille avec tes chimères! J'ai des choses beaucoup plus importantes que je me dois de terminer.

- La catastrophe qui vient de se produire provient de la mer et a recouvert la totalité des basses terres, persiste le jeune homme.

Tournant la tête, l'ermite est surpris de se retrouver nez à nez avec son petit-fils. Une telle proximité est contraire aux us inculqués. Le jeune devait lui parler directement à l'oreille. Heureusement que les yeux de Gab reflètent l'étonnement et qu'il recule instantanément à une distance respectable sinon… Maintenant que le jeune a réussi à le déconcentrer, il prend une position assise et attend qu'il en finisse une fois pour toute.

- Excusez-moi mais cela fait une heure que je tente de vous informer de la venue d'une énorme tragédie. L'océan a créé un mur visible à perte de vue qui s'est affaissé sur les côtes.

Les yeux du grand-père ne cessant de le fixer, le jeune s'encourage.

- Apercevant des volées inhabituelles d'oiseaux dont l'empressement à se diriger vers l'intérieur des terres a éveillé ma curiosité, j'ai grimpé rapidement pour rejoindre mon poste d'observation. Une vague est apparue au loin pour devenir énorme et s'abattre sur les basses terres. Elle était d'une telle violence qu'il ne reste sans doute plus rien.

- Quand est-il de la tribu Hoh? Demande, d'une voix inquiète, le grand-père.

 - Les arbres, arbustes et végétation ne sont plus. Il doit en être de même pour toutes les vies des basses terres, répond avec fatalité Gab.

- En as-tu parlé à Geneviève? S'enquiert l'ermite

- Elle m'a répondu ne plus croire en mes visions. J'ai eu beau lui dire que je n'avais pas rêvé et que cela venait juste de se passer, elle m'a répondu qu'il fallait que je revienne sur terre et que je cesse d'imaginer toutes sortes de choses à propos de rien. J'ai continué d'insister et, finalement, elle m'a dit que, puisque la nuit approche, quelqu'un ira voir demain matin. Mais ce n'est pas tout.

- Continue.

- J'ai aperçu, en fin de journée hier, un signe présageant le cataclysme. Une explosion est apparue très haut et loin dans le firmament. J'en ai parlé à Geneviève et je suis même descendu pour en informer les Hoh. Les deux n'en ont pas fait de cas. Cela m'a quelque peu rassuré. Mais simultanément au déferlement de l'énorme vague sur les côtes, une grosse boule de feu est apparue à une dizaine de kilomètres au nord.

Devant l'inquiétude et l'excitation apparentes du jeune adolescent, le vieillard emprunte un ton compréhensif tandis qu'il cherche une solution pour calmer le jeune.

- Dis-moi Gab, que puis-je y faire?

- J'ai besoin de votre permission pour effectuer une expédition nocturne afin de prendre connaissance des dommages causés par la vague chez les Hoh. J'aimerais aussi en vérifier les conséquences sur le saumon et la faune et en profiter pour faire un tour exploratoire du lieu de l'explosion afin de pouvoir informer Geneviève de la situation demain matin. Cela devrait permettre à l'aide de mieux planifier où se rendre pour intervenir.

- Depuis quand me demandes-tu une permission pour tes voyages nocturnes?

- Juste avant d'entreprendre votre présent voyage introspectif vous m'avez averti de ne plus en faire suite aux inconvénients causés par ma dernière exploration, répond Gab d'une voix résignée.

- Je ne m'en rappelle que trop bien. Ce n'est pas à moi de te dicter ce que tu peux faire. Ce que tu as pris pour une directive constituait en réalité plus un conseil qu'un empêchement. Je m'excuse d'avoir manqué de clarté. Tu as le libre choix. Vu la gravité de la situation, tiens-moi au courant seulement si tu conçois ne pas avoir rêvé. Maintenant permets-moi de continuer ma propre expédition personnelle. Je te remercie grandement pour l'information, conclut avec gentillesse le grand-père, qui tente ainsi de calmer quelque peu les appréhensions du jeune.

Finalement, grand-père a encore tous ses esprits, constate Gab, qui, depuis les dernières semaines, s'en est fait pour rien en demeurant à ses cotés presqu'en tout temps dans la crainte d'une éventuelle mort prochaine. La seule exception à cette vigilance constante est son devoir d'effectuer la tournée de ses cols pour en récolter les prises, ce qui lui aura permis d'être témoin de l'explosion de la veille et de l'étrange comportement oiselier de la journée. Il se fait déjà tard et il débute enfin sa vérification journalière retardée par la longue attente précédant l'éveil du grand-père et cette courte discussion qui s'est ensuivie. Le temps nécessaire pour que sa tournée de trappes soit complétée et il devra déjà se préparer pour sa prochaine excursion nocturne. Il n'aura donc pas le loisir de manger. De toute façon, il est plus facile de voyager en état de jeûne, se dit-il.

Gab est heureux que son père adoptif ne fasse que passer par une période bizarre et que sa santé semble bonne. Certaines méchantes langues s'amuseraient à douter de la santé mentale de Qckool, comme il se fait souvent appeler. Souvent son grand-père se plaît de rappeler que la lettre Q doit se prononcer QUE et non CUL pour respecter l'enseignement, reçu en première année, qui exigeait l'utilisation de cette phonétique appropriée par respect pour les oreilles pudiques. Qc utilisé par certain comme diminutif de son prénom Quency ou par d'autres à cause de ses origines du Québec dont l'abréviation est similaire, et Kool pour son nom de famille Cooley ou sa façon, bien personnelle, d'être. Mais ces mêmes méchantes langues médisant sur la santé mentale de son grand-père disent la même chose de la mienne, se dit Gab tout en ne pouvant s'empêcher d'en sourire en se remémorant ce qu'en pense Qckool car ce n'est que du vent qui provient de trous de Q, comme dirait-il.

Il y a maintenant une dizaine d'années, alors que le jeune n'avait que quatre ans, que le vieil homme l'a retrouvé abandonné près d'un ruisseau tout en effectuant la même tâche dont Gab a hérité depuis. Celle-ci consiste à l'entretien et la surveillance du territoire de trappage, ce que le jeune fait désormais avec grand plaisir et humilité d'ailleurs.

Le voyant abandonné, le vieil homme aurait dû l'abattre sur place ou du moins le laisser vivre sa destiné puisque tout enfant délaissé ne peut être qu'anormal. Mais heureusement pour lui qu'il en fut tout autrement. Malgré l'accoutrement délabré et le comportement craintif de l'enfant suite à cette semaine d'errance, le vieil homme l'approcha avec douceur en lui offrant de quoi manger.

L'ayant ramené à la maison, une semaine s'est écoulée avant que la communauté n'apprenne son existence et que Geneviève se déplace pour réprimander son père. Comme à son habitude, il lui tiendra tête et elle repartira découragée par son entêtement légendaire de ne faire qu'à sa guise. Malgré ses soixante-dix ans bien sonnés, ce que Geneviève ne réalise pas encore mais que Gab ne sait que trop bien, c'est que le vieil homme n'aurait aucunement hésité à l'éliminer s'il avait eu le moindre doute quant à son anormalité. Il n'est pas le genre de types à succomber dans le sentimentalisme ou, s'il l'a déjà été, il y a belle lurette qu'il ne l'est plus.

Son protecteur n'a jamais accepté qu'il l'appelle père en guise de respect pour la mémoire de ses parents naturels décédés. De toute façon, son âge avancé exigeait presque la dénomination de grand-père. Gab lui est redevable de son existence et il la lui consacre entièrement. Une démonstration de fidélité d'ailleurs qui frustre régulièrement le grand-père dans son besoin de se savoir auto-suffisant.

Tandis qu'il continue l'inspection des pièges, Gab ne se rend pas compte de l'ampleur des drames qui se sont déroulés dans les dernières vingt-quatre heures. Son expédition nocturne ne lui permettra que de constater les conséquences des manifestations dont il fut témoin. Il est loin de se douter que l'explosion de la veille, située haut dans le ciel, pouvait provenir d'une cité habitée de l'espace. Même dans ses rêves les plus fous, le jeune n'aurait pas pu imaginer l'existence d'une telle possibilité.

La dernière action du Commandant de la Cité qui a causé la destruction de toutes formes de vie s'y trouvant abritées ne lui sera dévoilée que beaucoup plus tard de concert avec les tragiques évènements s'en suivant sur terre. Il ne peut savoir que le sas de sécurité maintenu ouvert par la populace qui tentait de pénétrer dans la navette de transport constitue la raison de l'expulsion de toute l'atmosphère de la Cité. Les portes du sas de sécurité restées coincées en position ouverte par les débris et les corps s'y trouvant emprisonnés n'avaient pas été prévues par ses concepteurs.

Le quai d'embarquement de la navette se trouvant directement à l'opposé de l'emplacement de l'aire de travail d'Isabella permet à l'Élite de survivre à l'explosion. Cependant, l'onde de choc qui en résulte propulse la Cité directement sur sa cellule de survie qui en absorbe une bonne partie de l'impact. Elle rebondit aussitôt pour se diriger vers l'infini spatial. Isabella perd conscience suite à l'impact mais le cordon ombilical reliant sa cellule à la Cité spatiale fait son travail de rétention.

Jim est le premier à reprendre conscience tandis qu'il se retrouve flottant parmi une multitude de débris éparpillés autour de lui. Décontenancé, il se croit pour un moment perdu dans une ceinture d'astéroïdes. Le constat que plusieurs corps sont à la dérive autour de lui est lourd de conséquences. C'est une catastrophe majeure qui vient de frapper la Cité. Reprenant ses esprits, il remarque, à sa droite, la cellule de survie d'Isabella flottant elle aussi dans le vide. Une seconde cellule est visible un peu plus loin. Prenant soudainement conscience de la gravité de la situation, il tourne la tête et aperçoit une autre cellule à sa gauche suivie par un long serpentin dénué de son extrémité habituelle. Baissant alors son regard vers l'intérieur de la Cité située sous ses pieds, le fouillis s'y présentant force l'Élite à reprendre contrôle de lui-même. Une analyse plus détaillée ne peut attendre.

Il commence par vérifier la condition opérationnelle de son unité de travail pour constater que tout fonctionne normalement. Le système automatique de fourniture d'oxygène est efficient et la pression interne demeure constante. Appuyant sur le contact de son système de communication, il en éprouve l'efficacité. Se tentative de rejoindre la Cité demeure sans réponse. Il réalise la forte probabilité que toutes les communications radios puissent être coupées suite au jugement de son Commandant. Il actionne donc l'émetteur d'appel au secours qui reste sans réponse. Les membres artificiels de son poste de travail fonctionnent de même que son propulseur.

Isabella et ses confrères en isolation deviennent sa prochaine priorité. Il dirige donc sa cellule vers celle d'Isabella. Il ne peut la rejoindre puisque son cordon la retenant est étiré au maximum. Il diminue l'angle de poussée et se contente de l'intercepter vers son milieu. Ses mains artificielles de travail manipulent avec douceur le filin pour ramener son amoureuse vers lui en ne laissant pas l'inquiétude perturber ses mouvements. Jim peut enfin apercevoir sa conjointe qui lui semble dormir. Il retient son souffle jusqu'à ce qu'il puisse constater qu'elle respire. Un soupir de soulagement se fait entendre tandis qu'il cogne doucement sur son hublot de vision. Elle ouvre les yeux et Jim ne peut s'empêcher de laisser s'échapper un second soupir tout en contemplant la profondeur de son regard.

- Chérie peux-tu m'entendre? Comment ça va? Ton système de communication est-t-il opérationnel? Demande avec une certaine inquiétude Jim tandis qu'Isabella reprend peu à peu ses esprits et que ses yeux témoignent d'une soudaine prise de conscience de la situation.

- Mais que s'est-il passé? Finit-elle enfin par lui répondre.

- C'est difficile à dire mais la situation est critique, constate l'Élite tandis qu'il s'éloigne quelque peu de sa bien-aimée pour lui permettre de mieux visualiser par elle-même l'étendue des dégâts.

- Mais, c'est affreux, s'exclame Isabella tandis que son regard se dirige vers la Cité à ses pieds.

- C'est ce que je pense. Assures-toi que tout est fonctionnel pendant que je rejoins nos voisins de confinement.

Profitant du fait qu'Isabella vérifie les fonctions de base de sa cellule de survie, Jim remarque un début de mouvement de celle située à sa droite. Un rescapé de plus, se dit Jim qui fait signe à Isabella d'attendre suite à la confirmation de cette dernière que tout est sous contrôle. Jim prend la direction de la cellule encore immobile située à sa gauche. Se rendant vers le point d'interception du câble de rétention il peut mieux analyser la situation à l'intérieur de la Cité. La dévastation totale a de quoi le perturber mais c'est l'absence de tout mouvement et ce manque de réponse à son signal automatique de secours qui rendent la situation encore plus critique. Tandis qu'il ramène doucement le cordon, il note que la cellule de survie bouge par elle-même. Seul lors de son réveil, ils sont désormais quatre survivants. La situation s'améliore, constate l'Élite.

Tandis que les rescapés de l'espace conscientisaient la précarité de leur situation, le jeune Gab sur terre était envahi par des pressentiments si intenses qu'il cherchait, par tous les moyens, de convaincre les responsables des deux petites communautés d'un mauvais présage annoncé. Désormais sur le point de terminer sa ronde journalière, il constate la véracité de ses impressions de la veille. Il sait qu'avoir crié au loup trop souvent dernièrement constitue la raison principale de ne pas avoir été pris au sérieux par la majorité de ses semblables. Après tout, qui peut prédire l'avenir? Mais la catastrophe d'aujourd'hui donne raison à cette prémonition d'hier.

Il ignore cependant que l'explosion aperçue au loin, cet après-midi, est survenue suite à la projection incontrôlée d'un hélicoptère sur la falaise de la montagne. Retenu prisonnier de la base sous-marine par le câble de touage qui l'y maintenait lorsque la vague du tsunami a frappé, l'hélicoptère, malgré la puissance de son moteur, n'avait aucune chance de s'en sortir. Soudainement entrainé par la base il est surprenant que l'hélicoptère, hors contrôle, ne se soit pas tout simplement fait englouti par les flots. La puissance de l'impulsion a transformé l'hélicoptère, rapidement dénué de palles, en simple projectile le faisait serpenter en tous sens. Tantôt sautillant sur l'eau, tantôt y plongeant pour en ressortir, l'appareil ricocha ensuite sur un écueil pour finalement reprendre de l'altitude et frapper de plein fouet la falaise dont le puissant impact initia l'explosion.

Nul besoin de décrire la dévastation causée à la base sous-marine par l'aspiration de l'immense vague et du vire-voltage incessant de sa structure qui frappe tout sur son passage telle une immense boule de quille. Les installations temporaires récemment érigées sur la plage subissent quand à elles les assauts destructeurs des deux entités.

Le deuxième hélicoptère a plus de chance grâce à la réaction presqu'instinctive de Simon de libérer la barrure du treuil relâchant du coup le câble relié à la base. La distance permise par le subit déroulement du câble, avant qu'il ne devienne finalement coincé à son extrémité par le système de rétention du treuil, offre un premier répit au pilote. Cela lui permet de diriger son hélicoptère vers la trajectoire prévue de la base. La réaction rapide de l'Élite n'est pas suffisante pour empêcher l'écrasement inévitable mais permet le rétablissement d'un minimum de contrôle juste avant d'atteindre la cime des arbres du promontoire situé juste au dessus de la falaise. Les dommages causés à l'hélicoptère sont évidents et, heureusement pour son équipage, il ne prend pas feu suite à son contact brutal avec les arbres et le sol.

La noirceur de la nuit accueille le jeune trappeur qui sort de la cuisine communautaire après y avoir laissé ses prises de la journée. La pleine lune illumine son retour vers le shack isolé de son grand-père situé à près d'une dizaine de minutes de marche de la petite communauté. Accueilli à l'extérieur en silence par Rookie, le fidèle chien de Qckool, il pénètre enfin dans la demeure en prenant soin de ne pas réveiller le vieil homme qui se trouve encore dans la même position que lors de son départ. Après avoir suspendu la carcasse du lièvre pour le repas du lendemain, il remplit le poêle à bois, la truie comme l'appelle si bien son grand-père, et en attise le feu pour permettre l'élimination de l'humidité et de la fraîcheur apportées par la venue de cette nuit automnale.

Remplissant la cuvette d'eau froide, il se nettoie à la serviette des souillures et relents de la journée. Maintenant rafraichi, il est prêt pour son expédition nocturne et s'étend sur son lit. Fermant les yeux, il impose sa volonté à chacun des muscles de son corps en débutant par ceux de ses pieds dont il force la tension pour rapidement en relâcher la contraction et en permettre la relaxation recherchée. Il continue la progression de l'exercice jusqu'aux muscles de sa mâchoire bientôt suivis par ceux de son arcade sourcilière et de son front. Son corps enfin détendu, il peut concentrer son esprit pour lui permettre de faire apparaitre, derrière ses paupières fermées, le visage parfaitement défini de sa défunte mère. Depuis la toute première nuit où il fut séparé de sa famille naturelle, sa mère se présente ainsi presque sur demande. Combien de fois en a-t-il profité pour lui solliciter conseils et avis depuis sa disparition?

Les réponses de sa mère à ses questionnements se sont toujours avérées judicieuses et véridiques. Il n'a jamais tenté d'en prouver la véracité, mais le temps et ses enseignements s'en sont chargé plus d'une fois. Elle lui est apparue dès la première nuit pour l'informer qu'un gentilhomme passerait le secourir et qu'entre temps, il devait trouver un point d'eau pour s'abreuver. Tel que prévu par la mère, Qckool le découvrira quelques jours plus tard. Par après, elle lui apprendra éventuellement sa date de naissance et son origine indienne Salish. Elle insistera fortement pour qu'il n'ouvre pas les portes de son esprit qui mènent directement aux forces diaboliques qui s'y trouvent confinées.

C'est à ses dépends qu'il se laissera tenter par la curiosité d'en connaitre la nature. Encore là, la grande sagesse des enseignements de sa mère sera démontrée. Les hallucinations de monstres et de formes sataniques et macabres se manifestent alors dans ses rêves endormis ou éveillés. Cela lui prendra beaucoup de temps et d'énergie pour s'en libérer. Ce n'est que dernièrement qu'il réussira enfin à les refouler derrière ces portes laissées entrouvertes par inadvertance qu'il finit enfin par clore. Dorénavant maintenues cadenassées, elles ne pourront plus s'ouvrir et permettre aux fantômes s'y réfugiant de corrompre son esprit. Ces ouvertures spirituelles ne mènent qu'aux multiples fausses croyances dont les visions mythiques et ses interprétations imaginaires peuplent cette mémoire ancestrale transmise dans l'esprit de toutes futures descendances. Sa mère ne sachant comment l'aider à s'en départir, c'est en suivant, étape par étape, les conseils de son grand-père qu'il met un terme aux hantises qui peuplaient son esprit. Cette expérience est responsable de la perte de toute crédibilité auprès des siens.

Derrière ses paupières closes, apparait enfin le visage de sa mère, ce qui lui permet de soumettre sa situation. L'avis qu'elle lui transmet en rapport avec la pertinence de sa prochaine excursion rejoint étrangement celui donné par son grand-père. Cela le rassure grandement. Désormais prêt, il quitte la vision de sa mère simultanément aux restrictions qu'imposent son corps et élève volontairement son esprit hors de son enveloppe corporelle. Il perçoit sa forme étendue sur le lit et s'en détourne pour traverser tranquillement la pièce. Il sait qu'il n'aura pas à ouvrir la porte menant à l'extérieur de la demeure. Désormais rendu à l'extérieur, il aperçoit l'aigle royal perché sur la rampe du balcon extérieur qui l'attend sagement. Il l'enfourche pour que son esprit ne fasse plus qu'un avec le rapace. L'esprit commun et le corps du rapace prennent leur envol en direction de la rivière Hoh.

S'élevant vers le ciel étoilé, l'enfant-oiseau frôle la cime des arbres pour enfin se retrouver libre des contraintes gravitationnelles. La pleine lune illumine la nature désormais à ses pieds et Gab a l'impression de se retrouver en plein jour. La vision perçante de sa monture l'aide grandement à percevoir les détails de la situation au sol. Rapidement, les conséquences du tsunami se présentent. Le cours d'eau est retourné à son niveau habituel. Son littoral est dévasté par l'apport de coulées de boues et d'arbres déracinés dont les carcasses entremêlées sèment la désolation des basses plaines environnantes se trouvant à perte de vue. Le lit du cours d'eau est déplacé à plusieurs endroits et la base des montagnes environnantes est dégarnie de toutes végétations créant une nette démarcation faisant suite au passage de l'onde. La faune, surprise par l'immensité de la vague, a laissé ses empreintes pour entreprendre une décomposition éparpillée ici et là. Même les restes des saumons, ces puissants nageurs, peuvent être remarqués jusqu'à la limite des basses plaines. La dévastation est totale et offre à Gab une vision imprégnée d'une profonde tristesse.

La petite commune Hoh n'est plus. Seuls quelques débris d'habitations sont disséminés sur une longue distance. Les restes des machineries, encore utilisées la veille, se retrouvent soit renversés ou à moitié ensevelis. Longeant le lit de la rivière pour constater la distance parcourue par la vague à l'intérieur des terres, les seuls mouvements remarqués proviennent de charognards à l'œuvre. Il note enfin un certain essoufflement des dommages et négociant la courbe prononcée de la rivière, l'apparition d'un feu sur la berge lui redonne espoir. Ils sont au nombre de quatre adultes assis autour du feu tandis que deux autres sont étendus sur des brancards improvisés. Il les reconnait. C'est une famille du village voisin Hoh probablement partit regarnir leurs provisions de viandes pour l'hiver. Il ne reste rien du campement temporaire qu'elle a dû ériger lors de son arrivée et constate l'absence d'embarcation. Il faudra leur faire parvenir de l'aide au matin.

Ne prenant pas la peine de s'arrêter puisque la nuit sera longue, il reprend de l'altitude pour rapidement constater la forêt retrouvant sa virginité. Le rapace change de direction et se dirige vers le nord-ouest pour rejoindre la côte. La nuit est calme et Gab réalise avoir pris la bonne décision. Le battement des ailes de sa monture est régulier. L'air frais frappant son visage réveille en lui le rappel de sa prochaine destination et il se doit de ne pas laisser s'endormir son esprit par cette quiétude ressentie. Enfin arrivés à la côte, ils longent son parcours en direction nord et Gab en profite pour constater la hauteur atteinte par le cataclysme sur les flancs des montagnes adjacentes. La mer a retrouvé son niveau habituel mais tout son littoral et ses plages sont méconnaissables. Il aperçoit deux feux illuminant la nuit dont l'un se trouve sur les hauteurs d'une falaise tandis que l'autre provient du niveau de la mer. Il se demande si le deuxième n'est pas causé par l'effet miroir de l'océan. L'approche confirme bel et bien l'existence de deux feux distincts. L'endroit étant considéré comme normalement inhabité, l'origine de ces présences pique sa curiosité.

Arrivant quelque peu du large, c'est un immense globe de verre gisant sur le coté avec ses entrailles ouvertes qui lui souhaite la bienvenue. Est-ce la cause de l'explosion dont il fut témoin en après-midi? L'objet provient-il de l'espace? Les réponses aux nombreuses questions qu'il se pose attendront à plus tard. Au nombre d'une vingtaine d'individus installés autour du feu de plage, dont la majorité lui semble passablement amochée, il est soulagé de constater que sa soudaine appréhension de se retrouver face à des extraterrestres n'est pas fondée. Les rescapés ne semblent mêmes pas être des anormaux. Enfin une nouvelle encourageante, se dit-il tandis qu'il étire son corps et effectue quelques exercices pour s'assurer qu'il ne rêve pas.

Reprenant de l'altitude, il remarque une éclaircie dans la falaise à un niveau supérieur à celui atteint par la vague dévastatrice. Elle constitue sans doute le point d'impact causant l'explosion aperçue cet après-midi. Sa végétation et les quelques troncs d'arbres d'une noirceur apparente témoignent de l'intensité du feu faisant suite à la conflagration. Les composantes métalliques qui se retrouvent ici et là indiquent la collision d'un appareil volant comme source probable de l'explosion suivant l'impact.

Gab élève enfin sa monture au-dessus du second feu situé sur le promontoire surplombant la petite baie pour se rendre compte de la présence d'un second groupe d'humains et d'un hélicoptère en piteux état retenu d'une chute du bord de la falaise par quelques excroissances miraculeuses. La condition physique de ces survivants lui semble moins préoccupante que celle de leurs voisins de la plage située en contrebas. Qu'un des survivants pointe vers le ciel en sa direction générale surprend Gab tandis que les autres tournent la tête pour diriger leurs regards vers lui et sa monture. Gab sait que son voyage est le fruit de son imagination et qu'ils ne peuvent le voir. Mais peuvent-ils apercevoir son aigle? Ne pouvant s'en empêcher, il tourne la tête à son tour pour apercevoir une étoile filante loin au-dessus de la mer qui se dirige lentement vers eux. Sa vitesse de déplacement et sa longue traînée de luminescence constituent une première apparition du genre pour le jeune et la réaction des témoins autour du feu confirme qu'il semble en être de même pour la plupart d'eux. Gab s'approche pour mieux écouter la conversation

- Pensez-vous que c'est un astéroïde? Demande l'un d'eux.

- Peut-être. Qu'en penses-tu Simon? Répond une voix féminine dont l'accoutrement ressemble drôlement à celui que porterait l'un de ses frères s'en allant guerroyer les anormaux.

Gab s'assure de bien prendre note de l'avertissement que peut représenter une telle constatation.

- C'est peut-être une capsule de survie en provenance de la Cité spatiale, réplique le certain Simon, dont le léger doute dans la voix révèle un certain espoir quant à la possibilité d'une telle éventualité.

Un autre qui est équipé pour se défendre, se dit Gab.

- Pourrait-il y avoir des survivants à l'explosion d'hier? Remarque un nouvel intervenant dans la conversation.

C'est presque rendu au-dessus de leur tête que la traînée lumineuse disparait tout à coup. Soulagé, Gab s'apprête à prendre le chemin du retour lorsqu'il aperçoit, au-dessus de lui en direction du large, une forme de demi-cercle en suspension traversant de haut en bas le contour de la lune illuminée. La proximité de l'objet inconnu perçut lui semblant apparente, il dirige aussitôt son aigle vers le large. Le doute quant à la réalité de sa récente vision le pousse à effectuer une plongée vers le niveau de la mer afin de pouvoir changer son angle de vision et ainsi se trouver en position lui offrant la possibilité de revoir l'étrange apparition. Malgré la rapidité de l'action, le demi-cercle ne se présente pas de nouveau nourrissant cette inquiétude quant à la véracité de la récente apparition. La teneur des propos du dénommé Simon comporte des notions perturbantes relatives à l'explosion dans le ciel, aperçue par Gab hier, d'une Cité dans l'espace et de l'arrivée possible de survivants. Que dire de cette immense sphère vitrée se trouvant sur la plage. Les histoires d'extraterrestres, dont certains croient fortement en la véracité, sont-elles fondées même si son grand-père en rit?

Son questionnement est interrompu lorsque des sillons se dirigeant dans la même direction générale que celle prise par son rapace apparaissent au loin. Il conclut qu'ils proviennent du passage d'un troupeau de baleines. Se préparant à les dépasser, quelque chose d'étrange le pousse à descendre vérifier une certaine singularité. C'est la régularité de l'uniformité des sillons en comparaison avec d'autres qui l'incite à effectuer sa manœuvre. Comme de fait, il distingue quatre épaulards nageant parmi des embarcations allongées menées par des humains. Définitivement, son expédition lui apporte surprise après surprise. Mais pourquoi se dirigent-t-ils tous dans la même direction? Et surtout, pourquoi les baleines tueuses accompagnent-elles les humains sans que ces derniers ne semblent s'en inquiéter outre mesure? D'autres questions qui devront attendre des réponses prochaines.

Il commence sérieusement à douter qu'il ne fait que rêver lorsqu'il se rend compte qu'au loin se trouve une autre baleine tueuse effectuant des cercles autour de ce qui lui semble être une bouée. C'est en la contournant qu'il constate la porte ouverte menant à son intérieur. La présence d'autres humains s'y réfugiant lui incite tout un nouvel étonnement. La crainte apparente sur le visage des naufragés provient sans doute de l'apparition d'un épaulard convoitant un repas. Le comportement de la baleine lui semble étrange car elle s'installe devant la porte ouverte et ne démontre aucun signe d'agressivité. Elle donne l'impression à Gab qu'elle tente de communiquer. Graduellement, la peur semble quitter le visage des naufragés. C'est l'approche du groupe préalablement croisé d'humains et de cétacés qui les rassure. Curieux d'en savoir plus et malgré le fait qu'il se doit de retourner dormir bientôt, Gab décide de rester pour tenter de comprendre ce qui se passe.

- Merci de votre intervention rapide. Je suis Fiona et je me demandais puisque vous êtes accompagnés par des orques si vous proveniez de la base sous-marine ? Demande la rescapée de l'espace.

- Oui et soyez assurés que nos amis sont fiers de vous avoir localisé. Moi je suis Jérémie tandis qu'elle c'est ma sœur Mélodie et que ces deux là sont ma cousine Moby et son frère Dick. Depuis quelques heures, nous étions à la recherche de notre tante Danielle que nous avons perdue suite au passage d'une vague énorme qui devait être un tsunami. Et vous, vous venez d'où? C'est quoi ce genre d'appareil?

- Nous venons de la Cité de l'Espace qui a subi hier une terrible explosion et avons été contraint d'utiliser cette capsule de survie pour revenir sur terre, répond Isabella en se mêlant à la conversation.

- Donc, c'est vous qui avez fait ce tracé lumineux lors de votre entrée dans l'atmosphère tantôt! S'exclame celle désignée comme étant Mélodie par son frère.

Gab ressent une certaine lassitude en provenance de l'aigle. Il n'est après tout pas constituer pour faire du sur place. Il le guide pour se poser sur le dessus conique de l'étrange coquille. Craignant son envol, il demeure juché en position sur son dos juste au cas où…

- Ce sont les baleines qui ont détecté une présence métallique et qui nous ont informés de l'étrange écho situé à proximité de notre position. Croyant avoir retrouvé notre grand-mère, nous nous sommes dirigés vers son point de localisation, clarifie Jérémie.

Gab réalise qu'il vient de faire, en une seule soirée, plus de nouvelles rencontres qu'il n'en a jamais croisées depuis sa tendre enfance.

- Mais, qu'est-il arrivé à la Cité spatiale? Êtes-vous les seuls survivants? Demande celle qui se nomme Moby tandis qu'un nouveau venu se présente dans l'ouverture.

- Salut les jeunes, moi, c'est Jim et ce que je peux vous dire, c'est que la Cité a subi une terrible explosion, hier, et que nous sommes les seuls survivants. Demain, tôt en avant-midi, les charges explosives que nous avons placées avant notre départ mettront un terme définitif à l'aventure spatiale. On n'avait pas le choix puisque son changement d'orbite causé par la détonation d'hier aurait résulté dans une chute incontrôlée sur terre pouvant résulter en une catastrophe. Pensez-vous être en mesure de contacter la base pour nous porter assistance?

- On va faire mieux que ça. Vous allez prendre nos glisseurs et nous suivre, réplique Jérémie.

- Et vous? Demande Jim étonné par la proposition.

Gab ressent que sa monture désire s'envoler et la laisse se contenter. C'est la suite des choses qui étonne le jeune Salish car après avoir informé le quatuor de la capsule qu'ils leur laissaient l'utilisation des propulseurs aquatiques, c'est la discussion de la jeune Moby avec les baleines et surtout l'acquiescement utilisant le même langage qui le sidère. Le fait que chaque jeune prend place sur le dos d'un épaulard attitré et qu'en plus ces derniers lui donnent l'impression de les aider à grimper cause un brin de jalousie dans l'esprit de Gab.

Les suivant jusqu'à l'apparition du feu de camps des survivants sur la plage, Gab réalise qu'il se doit de rejoindre son corps pour dormir dans les plus brefs délais car demain sera une longue journée. La fatigue le rattrape aussitôt qu'il modifie sa trajectoire et il s'endort presque instantanément. Ce n'est pas la première fois qu'il ne peut pas rejoindre la quiétude de son corps à temps et cela ne lui causera qu'une plus grande confusion au réveil.

Pour les rescapés de l'espace, les dernières quarante-huit heures se sont avérées perturbantes. En aucune manière la prise de conscience de la grande précarité de leur situation là-haut, se retrouvant soudain seuls, dans le vide spatial ne présageait d'un tel heureux dénouement. Tandis que son propulseur glisse sur les ondes, Isabella remercie dame chance, la témérité de Jim et la compétence de Fiona pour s'en être tous sortis vivants. Cette volonté de réussir et ce profond désir de survivre les enivraient tous là-haut lorsqu'ils se sont rejoints suite à l'explosion.

C'est après avoir pris pour acquis la destruction de la Cité spatiale que les survivants décident de la réintégrer et tenter de voir s'il leur est possible d'en réparer les dommages. Selon toutes probabilités, la présence de débris et de cadavres dans le vide spatial ne pouvait que signifier l'apparition d'une brèche causée par une puissante explosion responsable de l'impact du dôme avec leurs cellules. Après s'être rendu à l'extrémité de son filin pour mieux analyser la situation, Roger rapporte la destruction des tours de communication et de son impossibilité d'atteindre le sas s'y trouvant placé. L'insuffisance de la longueur de son câble de rétention est responsable de cette incapacité. Le sas en question est le seul de la Cité contenant des scaphandres de survie indépendants. Il n'était tout simplement pas évident à ce moment précis de garder l'espoir de pouvoir remédier à leur condition, se remémore Isabella tandis que l'onde glisse sous son scooter nautique.

La décision de Jim de quitter le groupe en dirigeant sa cellule de survie vers les tours, les prennent tous par surprise. Arrivé au bout de son cordon ombilical, il le pince avec l'une de ses mains artificielles tandis que la seconde en sectionne la partie le reliant à la Cité. C'est alors que les survivants constatent les intentions de Jim et les implications que représente sa dernière action. Les craintes ressenties par les Élites sont réelles et que l'une seule d'elle se réalise et c'est la fin pour Jim. Lui, qui est si posé et analytique, cette soudaine témérité surprend donc Isabella. L'air contenu dans sa cellule ne lui donne qu'une courte réserve d'air et le pincement du cordon se doit de permettre une parfaite étanchéité.

Jim se retrouvant au point de disparaitre à l'horizon, Roger délaisse le groupe et se rend à l'extrémité de son câble pour suivre sa progression. Lorsque Jim arrivera au sas d'entrée, il est primordial que son ouverture fonctionne et que ses dimensions permettent à la cellule de survie de Jim d'y pénétrer et d'y trouver assez d'espace libre pour s'y réfugier tout en offrant la possibilité à ses membres artificiels de manipuler les contrôles intérieurs. Le voyant pénétrer dans le sas, Roger revient sur ses pas et informe enfin ses pairs de la progression de Jim. Le retour de la pressurisation et la nécessité pour l'Élite de se libérer de sa cellule pour ensuite enfiler seul sa combinaison spatiale ne constituent que quelques uns des impondérables que Jim se doit de surmonter avant de revenir apporter son aide.

L'attente perdure depuis une éternité lorsque l'apparition soudaine de la cellule de survie de Jim se dirigeant vers le vide spatial laisse présager l'inévitable. Ils n'ont pas le temps de réagir que la vision de la silhouette de Jim apparait à l'horizon. Muni de sa combinaison spatiale, il se dirige vers eux. Isabella et ses pairs reprennent espoir. Roger est le prochain à suivre Jim tandis que Fiona et Isabella doivent patienter. L'aide de Jim pour dégager Roger de sa cellule et enfiler sa combinaison spatiale permet une attente moins longue pour son retour. Pendant que Roger s'occupe de seconder les deux survivantes tour à tour, Jim pénètre dans le vide de la Cité pour chercher à élucider les circonstances responsables de la présente situation. Le processus prend tout de même près de deux heures de la réserve d'air de Jim. C'est le temps requis pour constater les dégâts et dégager les portes des issues menant à la navette permettant ainsi à la pressurisation et à la température de la Cité de commencer à se rétablir. Il peut retourner au sas pour rejoindre ses pairs qui s'y trouvent maintenant réunis et en sécurité. La pressurisation restituée dans le sas, suite à son entrée, permet enfin à chacun d'enlever son casque. Jim s'empresse d'embrasser Isabella avant d'effectuer un résumé de la situation. C'est à ce moment-là que la confiance s'est rétablie pense Isabella pendant que les montagnes au loin s'élèvent et que, sous peu, elles réussiront à rattraper la trajectoire de la lune qui éclaire la mer environnante les menant tous vers une nouvelle destiné. En grand manque d'adrénaline, elle conduit son engin par automatisme tandis que ses souvenirs se présentent à nouveau en son esprit.

La volonté de survivre rétablie, la troupe se devait d'attendre une journée avant de rejoindre l'une de ces capsules d'évacuation qui constituent dorénavant le seul moyen de retourner sur terre. La pressurisation et la température de la Cité devront atteindre un seuil minimal de sécurité avant de pouvoir enlever leur combinaison spatiale qui les empêche de pénétrer dans la capsule par son entrée de secours restreinte qui se situe dans le cône équarri pour la circonstance puisque sa porte principale, située sur le coté, ne s'enclenche que de l'intérieur de la capsule.

Après discussion, ils enfilent leurs casques afin de permettre à Fiona de sortir du sas pour rejoindre le poste de commandement de la Cité. Elle en consulte les différents instruments pour déterminer les causes de l'incident et prévoir les prochaines actions qu'ils devront entreprendre. Enfin de retour, ils apprennent les dernières intentions du Commandant enregistrées au livre de bord. Elle les informe du freinage soudain dans l'espace de la Cité faisant suite à l'onde de choc de l'explosion. La légère modification de l'orbite amènera éventuellement la Cité à pénétrer dans l'atmosphère et à s'écraser sur terre.

Le temps requis à la Cité spatiale pour rétablir les conditions permettant aux rescapés d'intégrer leur capsule d'évacuation est utilisé à bon escient. De retour au poste de contrôle, Fiona accomplit les calculs nécessaires à l'établissement de la procédure à suivre pendant que ses trois acolytes effectuent le travail manuel requis à l'atteinte de l'objectif visé. Ils placent des charges explosives dans trois des quatre extrémités des couloirs du vide spatial menant en croix vers le concentreur neutronique. L'objectif d'en forcer l'expulsion tel un boulet de canon en direction du soleil se doit d'être atteint. Que cette explosion contrôlée puisse permettre éventuellement à la Cité de quitter l'attraction terrestre fait partie de la solution idéale. Fiona ne peut se permettre de se tromper. Le moment propice et la puissance de la détonation principale, suivis quelques nanosecondes plus tard par les deux autres dont les ondes de choc atteignant le noyau serviront à l'érection d'un mur invisible guidant l'expulsion du concentrateur dans la direction choisie, ne représentent qu'un bref aperçu de la complexité de la tâche qui incombe à l'Élite. L'emplacement et la puissance respective des charges doivent être calculés avec précision tandis que le moment précis de l'expulsion de son centre doit concorder avec la rotation de la Cité permettant à son noyau de prendre la direction vers le soleil.

Pour une fois depuis son arrivée à la Cité, la fonction se situait au niveau des capacités intellectuelles de la jeune femme, se dit Isabella et elle aurait sans aucun doute bien voulu s'en passer ne peut-elle s'empêcher de constater tandis que la troupe ralentie pour pénétrer dans l'ombrage résultant de la disparition de la lune derrière l'élévation montagneuse. Une certaine constatation force Isabella à émerger de son état de rêverie. Une forme indéfinie se détache peu à peu de l'ombre des montagnes encerclant la baie.

La sphère réfléchit les reflets du feu de camp que le groupe de nouveaux venus perçoit depuis peu. Il y a certes quelques cris de joies provenant du feu sur la plage les accueillant mais la base qui git anormalement sur son coté est une épave. La vision catastrophique qui les reçoit ne peut-être absorbé par l'intellect des jeunes sous-mariniers. Depuis la tendre enfance, tout leur univers réside dans cette magnifique réalisation que constitue leur demeure de toujours. Les jeunes orques qui les propulsent semblent ressentir les intenses sensations qui envahissent leurs amis.

Les jeunes s'apprêtent à quitter leurs montures pour s'accrocher aux scooters marins qui les trainent pour les derniers mètres vers la plage. La prise de conscience des implications profondes des derniers évènements se manifeste très rapidement. L'arrivée de nouveaux venus provenant de l'espace passe presque inaperçue dans l'ambiance irréelle qui règne sur la berge. Ce qui est arrivé était impossible à imaginer pour les survivants. La priorité pour les spationautes consiste à calmer ces jeunes qui les ont secourus. Heureusement pour Moby et Dick, leur père fait partie des quelques survivants. Les mises au point de parts et d'autres diminuent jusqu'à ce que la fatigue les rattrape tous un à un mais les larmes de plusieurs de ces nouveaux orphelins ayant survécus aux récentes tragédies se prolongeront jusqu'au matin.

Île de Vancouver, le 21 septembre 2121

Ne pouvant profiter de la capacité d'Esiom d'effectuer des transmissions pensorielles multiples, Éon lui retransmet les expériences vécues qu'il a capté dans l'esprit de chacun des explorateurs de cette première excursion de l'Orb en territoire interdit. Esiom profite de la nuit qui approche et de la fin du repas pour retransmettre le contenu du vécu individuel à l'Orb réuni. Pratiquant de nouveau le langage des Créateurs, les spéculations de toutes sortes se font entendre. Depuis le début de leur périple, la troupe profite de chaque soirée pour analyser, déduire et comprendre le mystère humain tout en émettant des hypothèses sur son fonctionnement, son apparence, sa fragilité physique et, surtout, ses grandes capacités cognitives. Chaque nouvel élément découvert se retrouve décortiqué, qu'il semble important ou non.

Il est décidé de suivre la côte en direction sud afin de découvrir d'autres vestiges de l'homme. La troupe passera dorénavant les prochaines nuits dans une baie donnant accès à une berge accueillante. Dès l'aube, les explorateurs effectueront donc une excursion terrienne journalière leur permettant d'améliorer la vitesse de déplacements et le développement de différentes stratégies de défense. Après seulement quelques matinées de pratiques, l'amélioration de la démarche et de la cohésion du groupe est notable. Pour ces exercices, Esiom choisit des emplacements dénudés offrant une parfaite visibilité sur une grande distance afin d'assurer une meilleure sécurité dans l'éventualité de rencontres impromptues. Il ne faudrait pas qu'ils soient confrontés à une meute aussi nombreuse que la dernière fois mais constituée, pour cette fois-ci, d'animaux de la même espèce que l'énorme monstre à fourrure blanche qu'elle a rencontré lors de sa première expérience de sortie en territoire interdit avec Éon.

L'apparition, ce matin, d'un individu d'une espèce semblable mais de dimension inférieure et dotée d'une fourrure foncée constitue un rappel des dangers potentiels pouvant survenir en tout temps. Le fait qu'il était seul ne représente pas en soit un péril mais comment savoir si l'espèce est grégaire ou non. Cette deuxième rencontre avec un individu solitaire d'une variante de l'espèce ne permet pas de conclure. Ce n'est pas tant la présence de la bête qui constitue la plus grande révélation de la journée pour Esiom. C'est plutôt la transmission mentale du danger, précédant l'avertissement verbal, par son grand ami le Monstre qui la comble. Nosmas était bien le dernier sur qui elle aurait parié pour accéder le premier à l'élévation. D'ailleurs, il avouera candidement ne pas vraiment comprendre comment il a réussi à y parvenir.

La troupe emprunte la direction du large suite à la décision prise la veille. Les échos du passage qui se présente comme alternative possible permettant de conclure à son grand rétrécissement prochain inquiète Éon. L'abondance de poissons s'y trouvant ne peut que signifier la présence de nombreux épaulards. Constituent-elles des Orbs pacifiques ou sont-elles devenues des meutes de loups? Le confinement prochain du passage constitue une restriction sérieuse au déplacement sécuritaire de la troupe malgré le fait qu'il représente un raccourci vers la destination finale.

C'est l'intervention du vieux Bocaj, se remémorant le souvenir de sa mère qui lui indiquait la trajectoire située au large de l'immense île, comme étant celle suivie par l'Orb original, qui met fin au débat quand à la route appropriée à suivre. Après quelques heures de navigation rapide entrecoupées de brèves périodes de pêches intensives, la troupe d'orques contourne l'extrémité nord de l'île et trouve refuge, pour la nuit, dans une baie menant à une plage adéquate aux excursions matinales du lendemain.

Bientôt installé pour la réunion quotidienne de la soirée la conversation débute avec le rappel de la rencontre, lors de l'excursion matinale, de l'étrange bête et de la curiosité apparente de l'animal. Mais c'est surtout cette démonstration flagrante de confiance et de manque total de crainte qui signifient que l'animal se situe au-dessus de la chaîne alimentaire en milieu terrestre car on retrouve une attitude similaire chez les orques en contexte marin.

Dans les deux cas, l'appréhension ne semble pas faire partie de la nature de l'espèce.

La conversation revient rapidement sur l'homme et de la visite de sa demeure il y a déjà maintenant cinq journées. La troupe n'a rencontré aucun autre vestige relié à ses réalisations depuis. N'empêche que pour le moment, la quantité de données nécessitant d'être analysées continue à nourrir les spéculations de toutes sortes. L'utilisation d'objets et d'instruments pour faire face à une situation particulière est démontrée par l'image de l'homme se trouvant en train de tenir un instrument qui l'aide à creuser le sol. D'ailleurs, c'est toute une série d'instruments divers se trouvant éparpillés dans la structure adjacente explorée par Bahar et Eusoj qui pouvaient constituer des outils ayant une utilité propre à chacun. L'idée de transformer ou d'utiliser diverses des composantes que l'on retrouve dans l'environnement immédiat est nouvelle. Une notion qui mérite bien de s'y attarder, pense Esiom.

C'est en se rendant sur la plage tôt le lendemain matin que ses doigts effleurent, dans l'eau peu profonde, une forme arrondie qui éveille en elle l'idée de tenter d'en découvrir une possible utilité. Réussissant à soutirer le débris prisonnier du fond marin, elle prend connaissance de sa constitution et de ce que sa forme pourrait bien lui apporter. Le message reçu d'Éon l'informant d'un probable appel au secours, qui est en provenance du large, l'interrompt dans son étude de l'objet. Se détournant tout en transmettant verbalement la nature du message reçue à sa troupe, elle prend la direction de l'Orb se maintenant en retrait, talonnée de près par ses explorateurs matinaux. Tenant encore dans ses mains le bout de bois oublié entre ses mains, elle en réalise le potentiel utilitaire en apercevant l'excroissance pointue du pieu qui dépasse à l'avant de son museau.

Rejoignant rapidement Éon, l'Orb se place en position d'attaque. Les plus massifs du groupe se dirigent vers l'origine de l'appel en formation de pointe de flèche avec à l'arrière ceux de moindres dimensions. Le dialecte utilisé leur est inconnu mais la tonalité et l'intensité du message perçut ne laisse que peu de place pour d'autres interprétations que celle constituant une urgence. La vision de l'énorme baleine à bosse subissant une attaque de loups les prend par surprise. Jamais on n'aurait pu croire en une telle agression. En approchant, l'Orb constate que la convoitise des loups de mer est pour le bébé. La détermination d'Esiom se transforme en une profonde haine. Délaissant toute forme de retenue, elle rejoint Éon. Surpris de sa présence soudaine à ses cotés, il ne peut que constater le manque total de prudence de sa protégée tandis qu'elle fonce droit sur le flanc du plus massif des attaquants. Par instinct elle dirige le pieu directement au foie de l'animal. Les soubresauts de la bête la prennent par surprise mais le coup est fatal et bientôt elle rejoint sa carcasse pour en libérer le pieu s'y trouvant emprisonné. Elle a le temps de libérer sa lance avant que la meute de loups ne se disperse. Esiom prend connaissance ce qu'elle vient juste d'accomplir. Elle comprend maintenant à quoi sert le nouvel objet trouvé. La raison qui a permis à la race humaine de devenir l'espèce dominante lui devient tout à coup flagrante.

Un soupir de soulagement provenant de l'énorme cétacé se fait entendre. Tenter de comprendre la présente situation dépasse possiblement ses capacités d'entendement. S'attendre à une forme de reconnaissance serait inutile. La mère se rapproche de son nouveau-né pour le caresser avant de reprendre sa route tandis que l'Orb modifie sa trajectoire pour continuer la sienne vers sa prochaine destination. Durant l'attaque, l'attention de certains se trouvait concentrée sur une cible tandis que l'excitation du danger accaparait l'esprit de plusieurs autres. Ils sont donc très peu à avoir remarqué l'utilisation de la lance improvisée par Esiom. La plupart des jeunes de sa génération n'ont pas participé à l'attaque de manière directe.

Parmi ceux ayant suivi les péripéties d'Esiom, son amie l'Intello est la seule de l'Orb en mesure de reconnaitre le potentiel que représente l'outil utilisé. La défense de ceux de la quatrième génération ne reposera plus seulement sur les plus massifs d'entre-eux. Empruntant l'itinéraire longeant les côtes de l'île, c'est l'Intello qui entreprend d'expliquer à tous l'efficacité potentielle de cet instrument qu'Esiom continue de maintenir dans ses deux mains. La compréhension de l'utilité de l'arme s'ingère dans l'esprit de certains tandis que d'autres s'informent de ce qu'a fait Esiom. Les discussions ne cessent que pour se nourrir. La lance passe de mains en mains pour assouvir les questionnements de tous ceux de la quatrième génération. Ils sont tous plus ou moins gauches et plusieurs l'échappent. Les tentatives pour la retrouver et se l'enlever deviennent rapidement un nouveau jeu improvisé apprécié de la jeunesse.

Rivière Hoh, le 12 octobre 2046

L'aube se pointe et bientôt Gab s'éveille à près de dix kilomètres du lieu où son esprit s'est endormi. Il prépare un petit déjeuner copieux en espérant que l'arôme sortira son grand-père de sa phase contemplative pendant que son propre esprit cherche à se rétablir de ses péripéties de la nuit. C'est peine perdue dans sa tentative de réveiller son grand-père. Il dépose l'assiette du paternel sur la table de chevet et entame la sienne tandis qu'il débute la narration de ses premières constatations de la veille. Rendu dans son récit à la découverte des chasseurs Hoh, le grand-père donne enfin signe de vie. Prenant son assiette du petit déjeuner, il s'asseoit sur le bord du lit.

- Prépare la carriole pendant que je finis mon déjeuner, on se rend voir Geneviève et Ben, lui dit-il.

Le temps de se rendre à l'écurie et d'atteler les chevaux pour se présenter devant la maisonnette que son grand-père a déjà terminé son repas, s'est habillé et l'attend sur le balcon. S'installant à ses côtés, il demande au jeune de continuer le récit de son excursion nocturne. Lorsque Gab se met à raconter l'épisode de l'étrange demi-cercle traversant les rayons de la lune suivi par celui des baleines tueuses accompagnées d'humains que le doute s'installe dans l'esprit du vieil homme quand à la véracité des dires de l'adolescent. Le laissant continuer son exposé, les doutes deviennent quasi-certitudes. En accord avec le fait qu'il s'est peut-être endormi et que la deuxième partie de son expédition n'est que le fruit de son imagination nourrissant ses rêves, ils conviennent de ne raconter que la première partie afin de porter secours dans les plus brefs délais aux chasseurs Hoh en difficulté.

C'est le bruit de la carriole et de son attelage en approche qui réveille Geneviève. Elle enfile sa robe de chambre et descend rapidement à la cuisine pour attiser le feu du poêle et y déposer la cafetière tandis que son père entre accompagné de Gab. L'arrivée du grand-père cause l'éveil hâtif de toute la maisonnée. Le temps requis pour que le café soit versé pour que Gab ait déjà terminé de raconter le récit de son exploration de la veille. Geneviève les informe à son tour que puisque son conjoint Ben a la mauvaise habitude de se lever aux petites heures du matin, il n'était que trop heureux de se rendre pour vérifier à l'aube les dires de Gab. Son retour ne peut-être qu'imminent.

Ils sont déjà une vingtaine autour de la table lorsque Ben les rejoint. Il confirme la condition catastrophique des basses terres. Rapidement les plus jeunes sont mandatés pour informer la petite communauté des récents évènements. C'est Frédéric, le frère ainé de Geneviève, qui entreprend de superviser l'expédition de secours. Il se fera accompagner par son fils Louis pour le seconder, par sa filleule Gabrielle pour les premiers soins médicaux et de ses petits-fils David et Jacob pour une main d'œuvre efficace. Ces derniers quittent la table aussitôt pour préparer l'expédition.

Suite au départ des secouristes, le grand-père et Gab sont sur le point de prendre congé lorsqu'Adrianne, l'une de ses brus, s'exclame en regardant haut dans le ciel. L'explosion dans le firmament force le duo d'invités à changer d'avis quand à la divulgation du second épisode du voyage de Gab. Qckool prend la responsabilité d'informer l'assistance présente des constatations plus qu'improbables de son fils adoptif. Malgré l'incrédulité évidente de plusieurs, une seconde expédition de secours qui nécessite l'utilisation des toutes les montures disponibles incluant les deux chevaux de l'attelage de la carriole, se met en branle. Le grand–père accepte l'invitation de Geneviève de demeurer dans la maison familiale en attendant le retour de Gab qui se fera accompagné par ses frères, d'une autre génération, Alexandre et Antoine. Ils partent armés jusqu'aux dents, préparés à faire face à toutes éventualités. Le trio se dirige vers la forêt, en mode caravane, accompagné de cinq chevaux supplémentaires. Ils savent déjà quels sentiers sauvages ils devront suivre pour rejoindre l'ancienne route forestière qui les conduira à la descente leurs permettant d'arriver près des rescapés sans trahir leur présence.

Inconscient des secours qui se dirigent vers eux, les survivants de l'hélicoptère situés sur le promontoire tentent, depuis l'aube, de trouver un moyen pour descendre porter secours aux rescapés regroupés sur la plage. C'est finalement Josiane qui trouve un passage menant au pied de la falaise. Ils apportent avec eux la trousse de premiers soins empruntés à l'hélicoptère. Son contenu est rapidement mis à profit pour abaisser la fièvre qui accable la seule rescapée de la base sous-marine ayant subie plusieurs fractures mineures. Une lacération, située à l'intérieur de la cuisse droite et qui longe l'artère fémorale supérieure avec une profondeur de plus de trois centimètres et une longueur d'une quinzaine de centimètres, nécessite des points de suture internes et externes pour refermer adéquatement la plaie. La netteté de la coupure, digne d'une incision au scalpel, ne cause par miracle aucune véritable perte de sang. Ce qui inquiète le plus ses secouristes est cette possibilité d'une hémorragie interne comme cause probable de la fièvre élevée notée durant la nuit. Heureusement que sa récente tendance à la baisse semble indiquer une propension naturelle du corps à chercher à y remédier.

Déjà, une distribution des tâches urgentes est établie et les jeunes de Lina et Tina sont en train d'explorer les décombres de la base pour trouver tout ce qui peut être d'une quelconque utilité, tandis que Roger, de l'équipe médicale de la Cité spatiale, demande à Fiona de l'aider pour le rafistolage de la jeune miraculée.

C'est grâce à Cynthia, jeune Élite de 17 ans se spécialisant en océanographie, que certains des survivants de la Cité universitaire ont survécu au tsunami. Comme plusieurs de ses semblables, ils étaient installés sur un escarpement situé à l'arrière des installations temporaires leur permettant de mieux suivre les dernières manœuvres d'accostage de la base. Ils ont réagi avec promptitude à l'alerte hâtive en escaladant le flanc de la montagne. Dès le début de l'aspiration de l'eau de la lagune vers le large elle réalisa immédiatement la nature de la menace et la nécessité de fuir vers les hauteurs de la montagne pour échapper au cataclysme en approche. Malheureusement pour les observateurs demeurés sur la plage ou pour ceux qui sont restés hypnotisés par le phénomène et qui ont tardé à suivre ses directives, l'immense vague meurtrière les a rattrapés sans faire d'exception.

Des dix-huit répondants à son avertissement, quatorze sont des Élites qui s'en sont sortis indemnes dont trois soignés pour des blessures mineures par balles subies lors de l'évacuation de la Cité universitaire. L'un des quatre préposés à l'arrivée qui a réagi au mot d'ordre a perdu pied suite au passage du tsunami et sa chute d'une vingtaine de mètres s'est avérée fatale.

Durant la matinée, Jim et Isabella, installés sur le pourtour de la base sous-marine, hissent à l'aide d'un câble les corps retrouvés dans la base pour les redescendre vers la plage. C'est à l'équipage de l'hélicoptère aidés des plus costauds du groupe à qui revient la tâche de transporter les cadavres jusqu'à la fosse commune que Simon et les survivants aptes au travail sont en train de creuser dans le sable à l'aide d'outils empruntés à l'ancienne demeure sous-marine. Par l'heure du midi, les jeunes Élites ont récupéré quatre-vingt-six corps de la coupole tandis que soixante-trois autres dépouilles sont recouvrées éparpillées un peu partout sur la plage par une seconde équipe. Les soins médicaux apportés à la jeune Julie désormais conclus, Roger aide Fiona dans l'érection d'un abri temporaire qui servira à protéger la patiente des intempéries qui pointent à l'horizon. Le manque d'eau potable devenant urgent, les jeunes Élites récupèrent un boyau d'arrosage et en relient l'extrémité à une valve du réservoir d'eau douce de la base qui se maintenait rempli par le système de dessalement maintenant rendu non opérationnel. La mesure est temporaire mais réussit, à tout le moins pour l'instant, à combler le besoin en eau potable des travailleurs.

Tandis qu'ils se réunissent pour établir les priorités et tâches incombant à chacun pour se préparer à passer une seconde nuit, le groupe ne se rend pas compte que leurs faits et gestes sont épiés depuis maintenant une bonne dizaine de minutes par des nouveaux venus. Étant sur le point d'intervenir, les oncles de Gab sont intrigués par la présence de cinq orques qui profitent de la marée montante pour s'introduire dans la lagune adjacente à la plage. Le déplacement de quatre jeunes pour les rejoindre tend à prouver les dires du matin de Gab. L'étonnement apparent suivi du retour quelque peu précipité du quatuor vers le groupe de rescapés les étonnent.

Les jeunes épaulards viennent sans doute d'informer leurs amis de la présence d'inconnus ayant délaissé d'étranges montures à quatre pattes de l'autre coté de la baie aux abords de la plage. Gab réalise la situation et sort de sa cachette pour marcher en direction des survivants dont certains ont déjà réagi à l'information relative à une possible présence d'inconnus en s'éclipsant du groupe. Surpris de la réaction rapide de Gab, Antoine et Alexandre font de même mais demeurent à distance. Leurs armes sont visibles et il cst évident que les rescapés en sont démunis. Une certaine inquiétude se manifeste chez Gab qui a noté la disparition soudaine dans les buissons de quatre parmi les rescapés. Les deux qui portaient les tenues de combat remarquées la veille sont parmi eux. Le fait qu'ils ne portaient pas d'armes est loin de signifier qu'ils ne représentent pas une menace potentielle pour ses frères. Il se doit d'agir rapidement pour empêcher une réaction regrettable. La jeunesse de Gab et le fait qu'il dépose son arme au sol calme un peu la tension palpable de ses vis-à-vis. Il n'en demeure pas moins que pour les rescapés les deux hommes l'accompagnant sont loin de ressembler à des enfants de chœur malgré la cinquantaine d'années passées d'âge. S'approchant lentement des rescapés et prenant soin de garder ses mains bien en vue il se présente en tendant la main vers l'un des jeunes aperçus la veille.

- Bonjour Jérémie je m'appelle Gab. Je suis venu avec mes deux frères, Alexandre et Antoine, vous apporter de l'aide.

Surpris de se faire appeler par son nom, Jérémie s'approche et prend la main tendue tout en démontrant une certaine perplexité.

- Mais comment connais-tu mon nom?

- C'est une longue histoire. Je te l'expliquerai lorsque l'on se connaitra mieux, répond Gab dont la jovialité du jeune aidé par son innocence apparente calme les esprits tandis que Fiona s'avance à son tour.

- Tu as parlé de tes frères, ne sont-ils pas trop vieux pour ça?

- La vie peut sembler complexe parfois mais vous comprendrez d'ici peu, alors qu'il se tourne pour faire signe à Antoine et Alexandre de les rejoindre.

- C'est beau les gars, ils sont normaux. Il n'y a pas de danger, lance-t-il en leur direction avant de déplacer son regard vers les buissons près de ses frères.

- Toi aussi, Simon, accompagné de Josiane, je crois. Vous pouvez sortir. On est tous des normaux ici et personne n'a de mauvaises intentions.

Épaulant leur arme, les deux frères se tournent en gardant leurs mains visibles vers le buisson et, avançant la main tendue, se présentent pendant que les quatre Élites se lèvent pour sortir de leur cachette. Ils n'ont pas le temps de rejoindre le groupe que les craintes du moment font place à une atmosphère de détente. Les frères laissent même Jim récupérer l'arme délaissée par leur frère que l'Élite s'empresse de remettre au jeune garçon. Pendant qu'Alexandre et Antoine prennent connaissance de la situation, Gab ne peut s'empêcher de demander à Jérémie des explications relatives aux baleines tueuses.

Les jeunes Élites, accompagnés de Gab, se retrouvent rapidement dans la lagune en train de s'amuser avec les baleines tandis que les adultes discutent de choses sérieuses. Gab réussit, après plusieurs tentatives infructueuses, à enfourcher un des épaulards lui permettant ainsi de pouvoir vivre l'expérience suprême d'une vie. L'immense sourire et la joie intense du jeune fait oublier, pour le moment du moins, les récents malheureux évènements accablant l'esprit des jeunes de la base. C'est Dick, le frère de Moby, qui demande aux épaulards de les conduire aux étranges bêtes à quatre pattes qui accompagnaient Gab. Rapidement rendus, ils délaissent une monture pour en enjamber une autre qui, cette fois-ci, représente une première expérience du genre pour les quatre enfants de la mer.

La décision est prise pour un départ dès l'aube le lendemain matin afin de permettre à la jeune Julie un minimum de récupération physique. Ils finissent d'enterrer les morts en après-midi tandis que Gab, accompagné de ses nouveaux amis, partent à la chasse pour dénicher de la viande fraiche qui complémentera les provisions récupérées pour le prochain repas.

Les cinq jeunes utilisent le lendemain matin leurs montures orques pour se rendre à l'embouchure de la rivière Hoh. Arrivés à destination, ils s'accrochent aux scooters nautiques des deux couples d'Élites qui les accompagnent pour rejoindre la plage. Malgré la dévastation récente et sa nature sauvage, l'hospitalité qu'elle dégage rassure Jim, Simon et leurs conjointes tandis que leurs pieds nus touchent enfin sa consistance finement sablonneuse.

Long Island, (C.-B.), le 21 septembre 2121

À l'avant, Éon et sa jeune protégée discute des implications que représentent son nouvel outil. Les journées commencent à être chargées pour la troupe. L'exercice matinal est suivi par une séquence de pratiques amicales d'attaques et de défenses avec arme de pénétration. Durant la journée, la troupe continue son bout de chemin pour tenter de retrouver l'empreinte humaine. En soirée, les séances de discussion de groupe libèrent l'esprit des contraintes physiques de la journée tout en ouvrant l'accès à l'intégration de nouvelles compréhensions.

Suite au contour de l'île, la tâche consiste à effectuer des recherches pour tenter de retrouver le berceau originel de leurs ancêtres. Les quelques traces de l'existence de l'homme, remarquées jusqu'à présent, ont constitué des répliques comportant certaines variantes de leur première escale. Elles se sont toutes retrouvées exemptes de toutes présences humaines récentes. Esiom conserve l'espérance de pouvoir bientôt retracer les Créateurs ou du moins leurs descendances. Éon lui transmet sa confiance en leur destiné comme encouragement.

La décision est prise de demander à Nosmas d'élaborer des nouvelles stratégies afin de rendre la troupe prête à faire face à toutes situations dangereuses pouvant se présenter en mer. Sang-froid, quant à lui, est responsable de l'approche terrienne de la défense. Intello demeurera leur muse. Une certaine frénésie se manifeste dans la troupe au fur et à mesure qu'approche la destination finale de leur quête. Depuis cette dernière confrontation, un nouvel exercice s'est rajouté à la routine matinale pour ceux de la quatrième génération.

Le maniement d'une lance pour l'attaque représente tout un défi. L'emprise des mains nécessite la pratique d'une certaine dextérité des doigts tandis que la pression de l'eau, exercée par la vitesse de déplacement, requiert une compréhension des notions de résistances causées par un mauvais angle de maintien. Intello constate que maintenir l'arme pour une longue période représente une certaine difficulté. De concert avec le Monstre, ils prennent la décision de n'en utiliser que deux durant leurs déplacements tout en changeant de porteurs sur une base régulière. Lors d'attaques, ils constitueront la pointe de la formation immédiatement suivie par les plus massifs de l'Orb afin de causer un maximum de dégâts dès le premier contact avec les belligérants. La confiance ébranlée des prédateurs et le doute s'en suivant devraient suffire pour qu'ils quittent précipitamment la confrontation. Les loups de mer sont les seuls prédateurs aquatiques pouvant représenter une quelconque menace pour les éléments les plus faibles de l'Orb. Faisant partie d'une même espèce, ils en sont différenciés par leur forte attirance pour la viande d'autres mammifères. Rarement attaquent-ils d'autres orques à moins que ces derniers se retrouvent isolés et en position de faiblesse. C'est pourquoi on exige le regroupement constant des éléments de l'Orb avec les plus petits se maintenant au centre.

Suite aux exercices matinaux sur terre, Esiom note une nette amélioration de la vitesse de déplacement individuel et de la coordination du groupe afin d'assumer une défense adéquate contre tout danger terrestre potentiel. Principalement axée sur une retraite vers la protection qu'offre le milieu aquatique, la stratégie consiste en un positionnement préétabli de chaque individu formant un cercle pour empêcher toute attaque contre la possible faiblesse qu'offre le flanc de chacun. Aucun animal terrestre connu ne peut menacer l'immensité destructrice que représente la gueule des cétacés tandis que la formation recule lentement vers l'océan.

Reprenant enfin la route, Esiom est heureuse de la progression de son Orb depuis l'entreprise de leur quête. En moins d'une douzaine de soleils, les rencontres de groupe en soirée ont déjà permis l'épanouissement de cinq nouveaux membres vers l'élévation, confirmant ainsi l'efficacité du mode éducatif choisi. Maintenant que le phénomène vers l'élévation semble se manifester de manière de plus en plus généralisée, une constatation cherche à s'immiscer en elle. Ces loups de mer, qui sont après tout de la même race originelle qu'eux, gardent le silence complet lors d'attaques contre d'autres mammifères afin de pouvoir bénéficier de l'effet de surprise. Cette réalité ne constitue-t-elle pas une forte probabilité que cette capacité de communication pensorielle demeure innée chez l'espèce? Elle ne proviendrait donc pas des modifications causées par le Créateur.

Ce qui la perturbe quelque peu est cette singulière expérience qui se présente en elle lors de sa préparation pour son repos. Esiom a de la difficulté à pouvoir exprimer l'impression ressentie. Elle aimerait bien en parler avec ses proches mais les mots lui manquent pour dire ce qui se passe sans vraiment se faire passer pour folle. Cela a commencé par une drôle de sensation qui cherchait à se faire connaitre durant ce demi-sommeil utilisé par les cétacés pour trouver le repos d'une vingtaine de minutes, soit la durée maximale d'une plongée en apnée. Cette sensation peut se définir plus comme un malaise semblant lui provenir de la colonne vertébrale qu'un frisson. Il cause un certain agacement mental de picotements, suivi d'une brise de chatouillements. La fraîcheur ressentie attire sa concentration qui cherche la source responsable de ce plaisir ou déplaisir si difficile à définir. C'est depuis ce moment que des voix se font entendre. Des murmures indéchiffrables au début qui, bientôt, deviennent de plus en plus compréhensibles pour finalement représenter une voix discutant avec elle. La voix est grave et posée et son assurance la rassure. Elle se présente en elle à chacune de ses demi-dizaines de périodes journalières de repos qui lui est nécessaires pour récupérer. Mais récupère-t-elle, se demande Esiom. Elle sait qu'une mère doit, suite à la naissance de son petit, se passer de ces périodes de demi-sommeil durant plus de trois lunes afin d'assurer la survie de son nouveau–né. Cet aspect lui est donc secondaire. Ce qui la perturbe provient du contenu de la transmission perçue.

L'échange lui indique rapidement que la provenance de son interlocuteur mental est d'origine humaine. La conversation imprégnée de questions et de réponses indique que l'homme est très âgé et qu'il a été témoin de jeux entre un groupe composé de cinq jeunes épaulards issus de l'intervention humaine et de jeunes humains ayant participé à leur émancipation. Esiom ressent, durant l'échange, ce profond désir de l'intrus à pouvoir expérimenter une fois dans sa vie un tel plaisir. Elle sait déceler ce brin d'envie qu'il cherche tant à lui cacher. Son âge avancé l'empêche de concevoir la possibilité de chevaucher sur une orque. L'impression ressentie par Esiom en est une de profond et intense regret. Esiom sait que ces périodes d'échanges sont plus que révélateurs et qu'ils ne se passent pas en état d'élévation. Elle garde un œil ouvert et une partie d'elle demeure éveillée afin d'assurer sa sécurité comme tout cétacé se doit de faire. Qu'advient-il de la partie cérébrale se reposant? Se demande-t-elle. Durant les nombreux échanges avec l'homme, ce dernier lui a expliqué en quoi consistent les rêves pour son espèce. Serait-ce qui lui arrive? Mais là n'est pas la question.

C'est durant la conversation de groupe de ce soir que ce questionnement se présente. Alors qu'ils discutent du fait qu'ils n'ont pas vraiment d'indices pouvant les mener vers leurs origines, c'est l'intervention du vieil ami d'Éon, Bocaj, qui est la cause de son léger désarroi. Il soumet l'hypothèse qu'une rencontre avec les descendants de ces cinq épaulards, qui sont demeurés initialement avec l'homme, pourrait représenter une piste vers la solution. Depuis tant d'années de séparation, cette branche de l'espèce a dû créer un Orb. Il serait plus aisé de trouver leurs descendants puisque le dialecte utilisé pour vocaliser, se devant de ressembler au leur, pourrait être perçu à distance. Plus facile donc que de découvrir un emplacement isolé. Esiom éprouve de la difficulté à rester impassible devant cette information stipulant un nombre cité par Bocaj similaire à celui dont a témoigné son mystérieux interlocuteur durant ses rêves.

La conversation journalière désormais terminée, l'appréhension d'Esiom est compensée par un certaine curiosité tandis qu'elle se prépare pour sa période de repos. Telle qu'anticipée, la présence de l'homme est ressentie et un court échange s'amorce entre les deux entités. Esiom est surprise d'entendre la voix lui demandant la permission de la rejoindre. Ne saisissant pas trop le sens de la permission, elle l'autorise sans trop en connaître les répercussions réelles. Son côté éveillé aperçoit soudainement une forme floue se présentant au loin. Instinctivement un cliquetis de localisation est envoyé par l'orque. L'absence du retour de l'onde devrait la perturber puisque sa vision lui indique une présence. La voix cherche à la rassurer tandis qu'une forme prenant graduellement une forme d'apparence humanoïde s'approche. L'apaisement transmis par la voix permet à Esiom de continuer à rêver tout en demeurant sous la surveillance de son œil éveillé. Sa première rencontre avec l'un de la race de ses Créateurs la sidère.

La sensation en est une d'émerveillement. Le rapprochement qu'elle ressent constitue une toute nouvelle expérience. Jamais elle n'aurait cru qu'une telle manifestation pouvait exister. S'approchant d'elle, il porte sa main sur son museau qu'il effleure avec douceur. S'élevant tout en la contournant, elle aperçoit ses jambes qui le propulsent au-dessus d'elle pour finalement s'installer à califourchon sur son cou. Penchant son corps vers l'avant, elle réalise que ce mouvement du cavalier permet à l'homme d'embrasser son front.

- Merci ma chérie, lui transmet-il pendant que la présence en elle disparait simultanément avec son cavalier et qu'Esiom se rend à l'évidence que ce qu'elle vient de vivre constitue toute une drôle de sensation psychique.

Depuis un bout de temps, l'Orb ne possède plus aucun indice pouvant le mener vers le but ultime de leur quête. Longer la côte dans l'espoir de découvrir de nouvelles indications demeure le seul chemin à suivre pour l'instant. Contournant finalement l'extrémité de l'île qu'ils suivent depuis plusieurs jours, Esiom doit choisir entre continuer à en longer le contour ou traverser le détroit pour rejoindre la rive opposée dont l'écholocalisation constate l'existence au loin. Percevant l'hésitation d'Esiom, Éon la rejoint et rapidement la décision est prise de traverser. Plus de la moitié de la distance est franchie lorsque la troupe capte une transmission en provenance des côtes. Malgré le fort accent utilisé qui rend la signification du message difficile à comprendre, c'est le fait de sa répétition incessante qui intrigue Esiom. Il lui semble constituer un appel. La source de transmission est localisée comme provenant d'une baie que la troupe peut enfin distinguer. Esiom consulte ses proches car la prudence est de mise devant l'anormalité évidente du passage en boucle incessante de la communication. Son contenu est une répétition incessante de paroles primaires sans aucune fluctuation et dont la tonalité du son émis est métallique. Serait-il possible que l'appel consiste en un guet-apens?

Sang-froid met un terme à l'indécision puisqu'après tout aucune présence pouvant représenter un danger imminent n'est perçue dans les environs de la source du signal. Il est décidé que l'Orb patrouillera au large de la baie tandis que Sang-froid agira en éclaireur. Quant à elles, l'Intello et Esiom munies de lances, resteront aux abords de la baie prêtes à intervenir en cas de besoin. Ils profiteront de la présence du Monstre, se maintenant quelque peu en retrait, pour protéger leurs arrières. Ressentant le manque apparent de toute crainte chez son bon ami Sang-froid, Esiom le voit se diriger vers l'objet cylindrique situé au centre de la baie d'où semble provenir la transmission. Les cercles que Sang-froid effectue autour deviennent de plus en plus concentriques. Tout à coup, le contenu du message change comme si la chose avait reconnu la présence d'un intrus. Pris par surprise, Sang-froid sursaute. Un certain temps est requis aux témoins du changement pour en déchiffrer la signification puisque le dialecte simple utilisé en complique l'entendement. Imperturbable, Sang-froid continue d'approcher de la source d'émission jusqu'au moment propice lui permettant de répondre à la brève incantation par l'application d'un coup de queue sec sur l'excroissance s'en dégageant. Esiom perçoit, en l'esprit de Sang-froid, un déclic en provenance de l'engin. Pendant quelques instants l'enclenchement, ne semblant rien produire, cause un certain flottement dans le temps, source de nouvelles appréhensions. L'émission d'un nouveau message se fait entendre. Il ne fait aucun doute quant à la provenance de la transmission malgré les profondes différences de tonalités et de fréquences avec le langage pratiqué par les cétacés depuis l'enfance. La captation n'est compréhensible qu'à courte distance tandis que la complexité et la longueur du contenu nécessite le support de chaque membre de la troupe pour en décortiquer la signification. Bientôt réuni dans la baie, la troupe ne peut se douter que cela fait soixante et quinze ans qu'un tel nombre d'épaulards s'y retrouve regroupé.

L'excitation est à son comble devant la quasi-certitude qu'ils sont enfin parvenus dans ce lieu à l'origine de l'apparition de l'espèce. Le fait que la baie ne présente aucun vestige de l'avènement constitue certes plus de questionnements que de réponses quant à la véracité de leur impression. Mais la légende rappelle la nécessité du déménagement des Créateurs devant la menace de l'extinction. La présence du mécanisme de transmission encore opérationnel prouve au moins la capacité de communication entre les deux espèces. Réussir à déchiffrer la signification du message constitue cependant un vrai défi. Il semble à chacun que le langage utilisé est archaïque et qu'il n'a pas suivi l'évolution du temps. Contrairement au message originalement perçu transmis en boucle continue, on se doit d'en réactiver la transmission en appuyant sur son mécanisme d'enclenchement pour pouvoir le réentendre. La réunion de la soirée est spécialement animée par des interprétations de toutes sortes. On réussit à décoder la première partie du message souhaitant la bienvenue et exprimant le regret de ne pouvoir offrir, en personne, la joie de retrouvailles tant espérées.

Esiom en vient à la conclusion que la complexité du message réside dans le manque de vocabulaire utilisé par les Créateurs. La simplicité significative des paroles en complique la compréhension. Esiom nourrit secrètement l'espoir que le vieil homme la visite à nouveau. Elle a tant de nouvelles choses à lui dire. Adoptant sa position coutumière placée sur le coté pour se reposer, elle le perçoit enfin tandis qu'il lui apparait pour prendre place sur son cou.

- Heureux que tu m'ais convoqué fille, lui murmure le vieil homme.

- Heureuse de vous revoir vieil homme, lui répond d'un ton ironique Esiom.

- Tout le plaisir est pour moi, je peux te l'assurer.

- Mais comment devrai-je vous appeler? Le questionne la jeune orque.

- Mes amis m'appellent Qckool, et toi?

- Esiom.

- Il était temps que l'on se présente. Je ressens que tu es à la recherche de réponses. Puis-je t'aider?

- Nous sommes à la recherche de nos Créateurs et venons de découvrir ce que nous croyons être un indice nous permettant de les retracer. Seriez-vous par hasard l'un d'eux?

- Non, mais je connais depuis peu leurs survivants, lui répond Kool.

- Pouvez-vous nous indiquer comment les retrouver?

- Peut-être, mais pour se faire, laisse-moi prendre connaissance de ce que tu sais, lui répond-il tandis qu'il s'ingère dans l'esprit d'Esiom pour en ressortir déçu.

- Je ne comprends pas ce langage développé entre nos deux espèces. Crois-tu pouvoir m'en montrer l'origine et les lieux qui l'entourent? Cela pourra peut-être m'éclairer.

- Je remonte à la surface, l'informe Esiom.

Elle perçoit le plaisir de son cavalier durant la remontée accompagné d'une courte exclamation approchant l'extase lorsqu'elle perce la surface. Ils se retrouvent près de la capsule flottante. Effectuant une tournée de l'étrange appareil, une certaine reconnaissance de son utilité apparait chez le vieil homme tandis que l'emplacement du site semble n'évoquer aucun souvenir quand à sa localisation.

- Je crois qu'il s'agit d'une capsule ressemblant étrangement aux premières utilisées dans ma jeunesse pour se rendre dans l'espace. Regarde Esiom, on peut même y déceler ce qui devait constituer la porte permettant d'en sortir.

- Vous croyez? Le questionne-t-elle, tout en ne saisissant pas vraiment ce dont il parle.

- D'après moi, c'est la capsule, utilisée par des rescapés, qui se devaient de quitter la Cité de l'espace en toute hâte suite à l'explosion qui l'a détruite. Cela doit faire longtemps de cela comme le démontre l'amoncellement de cultures sur la coque et la tentative de la nature de s'y installer. Ce petit cèdre nous le prouve ayant réussi à s'incruster sur la pointe équarrie du bout de la capsule. Dis-moi Esiom, cela fait combien de temps que tes ancêtres ont quitté leurs hommes?

- Je suis de la quatrième génération.

- Es-tu consciente que cela fait longtemps que je ne suis plus vivant alors?

- Que voulez-vous dire?

- J'ai la certitude de venir d'un passé qui date de la période de tes ancêtres alors qu'ils avaient ton âge. Ceux de ton espèce qui ont survécu, suite à l'immense vague qui a tout détruit sur son passage, étaient de ton âge lorsque je les ai rencontrés dans la vrai vie.

- Ah oui? S'interroge Esiom.

Elle ne saisit pas vraiment la signification de ce qu'il vient de lui dire mais réalise que c'est cette nécessité d'en connaître plus qui importe présentement tandis que la compréhension peut attendre à plus tard.

- C'est lorsque j'ai senti le profond besoin des jeunes des deux espèces qui ont survécu au cataclysme de vous retrouver que je me suis fait un dernier devoir avant de mourir et qui consiste à vous retrouver en espérant vous inciter à revenir et ainsi calmer cette profonde tristesse qu'ils ressentent de la perte de leurs proches.

- Une intention des plus nobles, constate Esiom.

- Merci! Mais j'ai un peu de difficulté à comprendre comment je suis parvenu à rejoindre ton groupe des décennies après ma mort.

- Vous n'êtes pas le seul, je peux vous l'assurer. Mais pouvez-vous situer ce lieu ?

- Je ne reconnais pas l'endroit mais je crois que ce que vous recherchez devrait se situer à moins d'une journée à l'ouest d'ici. Sur votre trajet, vous devriez rencontrer ce qui reste de la base sous-marine qui a participé à l'élaboration de votre espèce.

- Que signifie la notion ouest? Demande Esiom.

- Dans la direction du soleil couchant, lui indique Kool après quelques secondes d'hésitation. Il est temps que je retourne maintenant chez les miens.

- Merci et j'espère sincèrement pouvoir bénéficier de votre présence pour longtemps encore, termine Esiom tandis que son ami la quitte.

Ce n'est que le lendemain matin que la troupe réalise que pour comprendre le langage des Créateurs on se doit de les interpréter comme si les mots provenaient d'un jeune enfant balbutiant ses premières paroles. On distingue alors les mots suivre, terre, soleil couchant, rivière, réunion.

Esiom décide de partir immédiatement pour longer les côtes vers le soleil couchant et ainsi voir où peut mener la signification des directives transmises concordant étrangement avec celles provenant de son rêve. En peu de temps la troupe arrive à l'océan et il est décidé de continuer de suivre le contour des côtes vers le sud. C'est au début de l'après-midi qu'apparait une étrange structure d'origine certainement humaine située au fond d'une lagune isolée. Éon lui transmet son impression que la construction offre une certaine ressemblance avec la description transmise par ses parents. Intriguée tout en étant soulagée d'approcher du but ultime de sa quête, Esiom décide d'explorer immédiatement les lieux accompagnée par sa troupe habituelle d'explorateurs terrestres. Elle en revient avec la conviction qu'une terrible catastrophe est responsable de la destruction totale de l'immense sphère.

Selon la tradition enseignée on rapporte que quelques jours suite à l'émancipation une immense vague déferla sur leurs ancêtres. Ils y échappèrent grâce à la réaction rapide des adultes de l'Orb qui, répondant à un pressentiment, plongèrent en profondeur sauvant ainsi la troupe de la fureur de la mer. Dans l'éventualité que les présomptions d'Éon sont fondées, Esiom doute de la possibilité que ses habitants aient réussi à survivre aux conséquences de sa destruction. Il est probable qu'une infime minorité ait survécu. Refusant de demeurer plus longtemps en de tels lieux de malheur, l'Orb profite de la clarté résiduelle de l'après-midi pour continuer son chemin afin de dénicher une baie leur permettant de passer la prochaine nuit. Les moments d'extases vécus suite à la découverte du lieu de l'origine de l'espèce fait place à ce fort sentiment de morosité actuelle qui accable sa troupe. Esiom espère que ce ne sera que passager. Continuant de cheminer, c'est l'apparition au loin de multiples petits nuages semblant provenir du sol et s'acheminant vers le ciel, qui excite la curiosité de l'Orb. En effet, pour ses membres, c'est la première fois qu'un tel spectacle s'offre à eux. Contournant un cap rocheux, l'embouchure d'une rivière se présente en même temps que des petites constructions longeant la plage dont la réalisation ne peut que provenir de l'homme.

La nuit se présentant, Esiom décide de séjourner dans la baie protégeant la plage. Son ami imaginaire, Kool, profite de sa période de demi-sommeil pour l'inciter fortement à faire attention, car il ne reconnait aucune des habitations peuplant la plage. Les individus y demeurant pourraient constituer un danger réel pour Esiom et sa troupe. Elle devra faire preuve d'une grande prudence. Il lui rappelle que l'homme représente le plus grand danger puisqu'il a déjà, dans le passé, presque réussi l'extermination des cétacés.

Moins d'un siècle auparavant l'attroupement, dès l'aube, de jeunes orques s'échouant sur une plage, diffusé sur tous les sites sociaux aurait provoqué une forte commotion tout en constituant la première des nouvelles de la journée autant télévisées qu'écrites. Les spécialistes de tous genres alors consultés pour expliquer la nature de l'incident, offriraient leurs propres interprétations trop souvent plus erronées les unes que les autres. Mais jamais, l'hypothèse d'un profond désir de communication ne sera avancée pour expliquer ce phénomène inhabituel.

.

.